FRANKIE

JOCHEN GUTSCH
MAXIM LEO

Frankie

Um homem desiludido. Um gato procurando um lar.
Uma história comovente sobre
UMA AMIZADE EXTRAORDINÁRIA.

Tradução: SAULO KRIEGER

FARO EDITORIAL

Diretor editorial **PEDRO ALMEIDA**
Coordenação editorial **CARLA SACRATO**
Assistente editorial **LETÍCIA CANEVER**
Tradução **SAULO KRIEGER**
Preparação **BRUNA MATTOS E ARIADNE MARINS**
Revisão **BARBARA PARENTE**
Capa e diagramação **OSMANE GARCIA FILHO**
Imagens de capa **MARI KOVA| SHUTTERSTOCK**

Dados Internacionais de Catalogação na Publicação (CIP)
Jéssica de Oliveira Molinari CRB-8/9852

Gutsch, Jochen
Frankie : um homem desiludido. Um gato procurando um lar. Uma história comovente sobre uma amizade extraordinária / Jochen Gutsch e Maxim Leo ; tradução de Saulo Krieger — São Paulo : Faro Editorial, 2024.
160 p.

ISBN 978-65-5957-467-4
Título original: Frankie

1. Ficção alemã 2. Gatos - Ficção I. Título II. Leo, Maxim III. Krieger, Saulo

23-6546 CDD-833

Índice para catálogo sistemático:
1. Ficção alemã

1ª edição brasileira: 2024
Direitos de edição em língua portuguesa, para o Brasil, adquiridos por FARO EDITORIAL

Avenida Andrômeda, 885 — Sala 310
Alphaville — Barueri — SP — Brasil
CEP: 06473-000
www.faroeditorial.com.br

— O que torna a vida tão difícil?

— Os humanos?

An Affair to Remember

1
O FIO

Alguém me disse que histórias começam do começo. Do início. Mas eu sou um gato e não sei nada de começos e inícios. Os seres humanos têm um monte de regras sobre como tudo deve ser na vida. Faça isso, faça aquilo! Ah, fala sério! Que chato. Cansativo. Isso não é para mim. Então eu vou começar por uma parte qualquer. Talvez, por acaso, pelo começo. Ou pelo início.

Era a época boa do ano, e com isso eu quero dizer que as noites eram quentinhas e claras, e as abelhas zumbiam entre as tílias. Foi numa noite dessas que eu quis dar um pulo na casa do professor. Depois eu conto sobre ele, não vem ao caso agora.

Eu estava indo pelo Caminho Longo, que atravessa o vilarejo. Passei pelo lago, com a grama alta, e comi alguns gafanhotos. O bom dos gafanhotos é que eles nunca reclamam quando são comidos. Ao contrário dos pássaros. Os pássaros sempre fazem aquele dramalhão. "Não me coma! Eu sou mãe! Tenho dez filhos no ninho!" Exageram horrores. Mas eu sou cabeça-dura, e toda vez é a mesma coisa: lá estou eu com um passarinho na boca me sentindo mal por um tempo.

Passei pela igreja do vilarejo, pela casinha de passarinho apodrecida, pelo xixi fedorento daquele gordo do Heinz (um rottweiler) e por dois montes de estrume — onde, aliás, não tinha nada de muito bom, nem de mais ou menos bom, apenas borra de café, casca de ovo, casca de batata, casca de maçã. Fica a dica para vocês, humanos: jogar um monte de esterco só com umas cascas parece coisa de gente mão de vaca.

Passei pelo montão de areia que marca o início da floresta, e depois dali o mundo acaba. Eu estava de bom humor, tateando, bem tranquilo, andando de bobeira sob a luz da noite, passei no meio de uma cerca velha de madeira, até que cheguei ao jardim da casa abandonada. Todo mundo a chama de *casa abandonada* porque as pessoas da cidade que passavam o verão ali um belo dia não vieram mais.

Há cortinas em todas as janelas fechadas, e no inverno o vento sopra uivando pela casa abandonada. O gordo do Heinz, que é um belo de um otário, diz que um bando de lobisomens mora ali.

Agora escuta isso! Eu estava terminando de passar pela casa abandonada, quando vi que tinha um homem lá. Dentro da casa abandonada! O susto foi tão grande que corri na hora para trás de um arbusto, morrendo de medo. Aí eu me sentei e pensei: *Que merda, Frankie. E agora?*

O que eu queria mesmo era voltar correndo e contar o que aconteceu para todo mundo que eu conheço. Mas aí é claro que começaria todo aquele interrogatório: como era o homem, Frankie? Ele tinha cheiro de quê, Frankie? O que o homem tinha para comer, Frankie? Tem certeza de que não era um lobisomem, Frankie?

Uma casa abandonada que de repente deixa de ser abandonada suscita muitas perguntas. Todo mundo quer saber os detalhes. Como ninguém sabe nada, a gente fica lá parado com cara de bobo.

Então eu fiz o que qualquer bom gato faria numa situação dessa: fiquei espiando por trás do arbusto.

E escutando.

Espiando.

Escutando.

Espiando.

E passou um tempão. Vou dar uma resumida porque não estava acontecendo nada.

Escutei.

Espiei.

E assim por diante.

Então fui andando de mansinho mais para perto, na maciota, mirei a janela grande a alguns rabos de gato de distância e levantei os detalhes.

Detalhe 1: havia mesmo um homem lá dentro.

Detalhe 2: ele estava de pé numa cadeira.

Detalhe 3: tinha um fio pendurado do teto do quarto.

Detalhe 4: o fio prendia o homem pelo pescoço.

Detalhe 5: complementando o detalhe 4, o fio era bem grosso.

Fala sério! Eu nunca tinha visto um fio magnífico como aquele. Eu adoro fios, vocês devem imaginar. Quando eu ainda morava com a velha dona Berkowitz, nós brincávamos quase todos os dias com um fio. Nunca um humano se enrolava no fio, os ratos às vezes sim — não ratos de verdade, mas de lã, mesmo que os humanos pensem que nós, gatos, achamos que é de verdade. Mas não achamos. Não somos burros.

Quando eu vi aquele fio incrível, de repente pensei na velha dona Berkowitz e na melhor época da minha vida — que não durou muito, pois a velha dona Berkowitz um dia apareceu caída no jardim, e logo depois vieram dois homens vestidos de branco e empurraram a velha dona Berkowitz para dentro de um carro com luzes piscando no teto. Eu nunca mais a vi.

Essa lembrança fez meu coração doer um pouquinho, e o que eu mais queria agora era gritar para o homem: “Ei, você aí! Você que está brincando com o fio! Esse fio maravilhoso! Posso brincar também?”.

Mas eu não podia.

A coisa então se passou assim: eu juntei toda a minha coragem, pulei no peitoril da janela e olhei para dentro. O homem estava de pé numa cadeira, o fio em volta do pescoço. Ele me viu e ficou me olhando, surpreso. Mas não era uma surpresa boa, era um olhar de raiva. Abriu e fechou a boca feito uma carpa e disse algo para mim que eu não entendi, porque ele estava atrás do vidro e eu estava na frente.

Comecei a piscar. E aqui vai uma informação importante para vocês, humanos: quando um gato pisca, é quase como se estivesse sorrindo. Piscar significa: tudo em cima. Estou de bom humor. E aí? Então eu comecei a piscar como um louco na frente da janela, mas o homem continuava com cara de idiota, que nem o gordo do Heinz, e não sacou nada.

O que ele fez foi abanar os braços na minha direção. Eu levantei a pata direita para sinalizar: "Ei, tá tudo bem! Eu entendo você. A gente fica meio doido mesmo quando brinca com fios". Mas, para ser sincero, os gestos dele eram sinistros. Então eu comecei a lamber o meio das minhas pernas para me acalmar, porque eu estava morrendo de nervoso e nem sabia: *E agora, Frankie?*

E de repente tudo aconteceu muito rápido. O homem soltou o fio, pulou da cadeira, a porta da casa abandonada se abriu. O homem berrou. Saltei da janela. Ele pegou alguma coisa e arremessou na minha direção. Eu saí correndo, mas as minhas patas estavam bambas pelo susto. Ai, ai! Eu vi uma sombra se aproximando. Algo voou por trás de mim e acertou a minha cabeça.

A partir daí, não me lembro de mais nada.

A primeira coisa que eu tornei a ouvir foi o vento, que me sussurrava algo. Tentei ouvir bem atentamente, mas não entendia o vento. Estava deitado no gramado na frente da casa abandonada. Estava morto de cansaço e nem me mexia. Quase não conseguia abrir os olhos. E o vento sussurrava e sussurrava, até que eu notei que não era o vento coisa nenhuma. Era o homem, que estava na minha frente, curvado para baixo, e falava comigo. O homem me cutucava com o pé, como se eu fosse um rato morto ou coisa assim. Ele dizia:

— Tudo bem aí?

Era uma pergunta bem idiota, já que evidentemente não estava tudo bem comigo. Eu estava muito cansado e voltei a pegar no sono.

Quando acordei de novo, no início eu nem sabia quem eu era. Estava bem enjoado e espiei com todo o cuidado em volta, mas por pouco tempo. Vi aquele fio magnífico pendendo do teto e aí me lembrei de tudo. Eu estava *dentro* da casa abandonada! Estava deitado num sofá, se é que vocês querem saber, e debaixo de mim tinha um papel, talvez um jornal velho ou coisa que o valha. Vi o homem, que agora estava sentado na minha frente numa poltrona. Ele segurava um pequeno telefone junto da orelha e falava com alguém, agitado. Com quem, eu não tinha ideia. Mas posso dizer com certeza que ele falava sobre mim.

O homem dizia ao telefone:

— Tem uma gata morta aqui. Vocês podem vir? Sim, parece que a gata está morta mesmo. Mas eu não sou veterinário. Por isso estou ligando. Não, a gata não é minha! Escuta, eu não sei de quem é a maldita gata. Como é a gata? E isso lá importa? Ela é normal e fedida como qualquer gato! Rajada de cinza, meio sarnenta, com um pedaço da orelha faltando. Não, eu não sei como foi que ela morreu! Sim, encontrei a gata no meu jardim. Ouçam... Tá bem, meu endereço é... Não, a gata...

— Eussoumgatomacho! — eu disse.

É claro que isso não foi inteligente. O professor, que vocês ainda vão conhecer, sempre dizia que eu tinha de ser mais inteligente na vida ou teria uma série de problemas.

Mas eu estava simplesmente puto. Primeiro que quase fui assassinado, e depois esse ser humano ficava o tempo todo me chamando de gata,* ainda que eu seja perfeitamente macho!

* O mal-entendido, se é que se pode chamar assim, deve-se ao fato de em alemão o substantivo mais usual para "gato", "Katze", ser feminino, "die Katze'. Se se quiser ressaltar tratar-se de um gato macho, deve-se dizer "Kater" ("der Kater", "o gato [macho]"), embora "Kater" se use também para "gato" em geral. O homem se refere a Frankie pelo substantivo genérico feminino ("die Katze"), para o desgosto do gato. Por essa razão, na tradução o mal-entendido teve de ser construído de outra forma. (N. T.)

— Quê? — disse o homem.

— Eussoumgatomacho!

Meu humanês estava um pouco... *lesado*? Minha cabeça também, por causa da coisa que havia sido atirada em mim. Eu tinha de repetir as palavras o tempo todo até que conseguisse dizer um "a" que fosse:

— Eu sou um gato macho!

O homem ficou me olhando assustado, como se eu fosse um monstro.

Minha experiência: quando um gato diz alguma coisa, a reação dos humanos é muito esquisita. Sempre! Por isso já faz tempo que eu nem falo mais nada. A última vez foi na loja do vilarejo. Uma mulher deixou cair alguma coisa da sacola de compras, e eu disse pra ela: "Olá, senhora, isso aqui não são seus sacos de aspirador de pó?".

E a mulher saiu correndo e gritando. Por toda a rua inteira do vilarejo. Que idiota!

Humanês é muito fácil. A primeira palavra que eu falei foi "neve". E daí fui aprendendo outras. Lá no abrigo de animais, muitos bichos falavam humanês, a velha dona Berkowitz falava humanês e a TV dela também falava humanês.

No começo eu falava humanês melhor que gatês.

Hoje eu sei falar umas dez línguas. O que não é muito. O professor fala 27 línguas, até o caprinês, que quase ninguém sabe, além das cabras. Lógico. Sem línguas, a gente na condição de gato está perdido na vida, e eu posso dizer a vocês o porquê: biodiversidade. Por toda parte a gente encontra outros bichos que falam outras línguas, e nem todos a gente pode comer ou rasgar no meio ou jogar pra lá e pra cá até morrerem. Então a gente tem que falar. É assim que as coisas são. Eu não estou inventando. Por exemplo, andando pela floresta, encontro uma coruja grandona sentada. Ela fica sentada o dia inteiro num galho, com os olhos estalados. Quando eu encontro a corujona, digo algo bem simpático em corujês:

— Ei, coruja! Comé que vai?

E ela:

— Indo.

E eu:

— É, indo. Fique de orelha em pé, coruja!

E ela:

— Tá bom, Frankie!

Estão vendo? Até mesmo com uma coruja, que fica o dia inteiro sentada num galho, dá para ter uma conversa boa. Os únicos que ficam esquisitos quando eu falo são os humanos.

O homem continuava me encarando, de boca aberta. Estava morto de medo, eu sentia o cheiro. Ele estava pensando, dava para ver. E eu pensei comigo: *Bico fechado, Frankie*. Agora é esperar. Isso deixa qualquer ser humano louco. Porque ele se pergunta: "Será que estou ficando maluco? O gato falou *mesmo*? É possível uma coisa dessa? Não estou batendo bem da cabeça?".

O homem ficou me observando um tempão. Como não acontecia nada e eu não dizia nada, ele voltou a se recostar na poltrona, aliviado, e fechou a boca. Balançou a cabeça, sorriu e disse:

— Ah, que bobagem.

Aí eu disse:

— Não é bobagem nenhuma!

Isso acabou com ele. Mas acabou mesmo! A cara dele ficou branca como o traseiro de uma corça.

Eu curti um pouquinho. Na verdade, mais do que um pouquinho. Porque é muito melhor quando os humanos respeitam a gente. Senão, a gente nunca está seguro com eles, e eles chutam ou jogam coisas na gente. Pois agora o homem mostrava respeito.

Um respeito sem fim.

Depois de um tempo considerável, o homem disse:

— VOCÊ FALA?

Eu pensei: *Parabéns. Muito perspicaz.*

Ele falava comigo bem alto e devagar. Uma vez, eu e a velha dona Berkowitz vimos um filme que mostrava homens sentados em volta de uma fogueira falando com outros homens, que estavam com a cara pintada e usavam coroas de penas. Era bem assim. Os homens falavam com os homens de penas na cabeça como se fossem completos imbecis.

O homem disse:

— EU. RICHARD. GOLD.

E bateu no peito enquanto falava.

Achei estranho, mas também engraçado, então eu também bati no meu peito e disse:

— EU. FRANKIE.

O homem:

— SUA CABEÇA. DÓI? AI?

Eu:

— SIM. AI, AI!

O homem:

— EU. SINTO. MUITO.

Aí parecia que o homem não sabia o que dizer. Estendeu cuidadosamente a sua pata e a colocou rapidinho na minha pata. Ele disse:

— NÃO TENHA. MEDO.

Isso eu achei fofo. E como ele já estava sendo fofo, pensei, a gente poderia finalmente falar sobre o que importava.

Eu:

— COMER? FOME!

Apontei para a minha barriga e para a minha boca.

O homem:

— COMER? VOCÊ QUER? VOU PEGAR COMIDA!

E essas foram, para mim, as primeiras palavras sensatas que o homem, o tal Richard Gold, tinha dito.

2
FRANKIE BOY

Para que vocês não fiquem em dúvida: daqui pra frente vou chamar o homem, que se chamava Richard Gold, simplesmente de Gold. Motivo: é mais curto e soa melhor. Esta história ainda vai levar um tempinho, e eu não quero que tenha um personagem chamado Richard. Ele não tem culpa de se chamar assim, mas esse nome é uma bela bosta.

Com nomes que são uma bosta, eu estou bem acostumado. Minha mãe me chamou de Número 5. Meus irmãos se chamavam Número 1, Número 2, Número 3, Número 4, Número 6 e Número 8. Nenhum se chamava Número 7 porque o 7, assim dizia a minha mãe, dá muito azar. Por isso o Número 7 oficialmente se chamava Número 8, mas não oficialmente era o Número 7, e seu apelido era 78.

Mais tarde, quando eu estava morando no abrigo de animais, os humanos passaram a me chamar de Barba de Leite por causa do meu queixo branco. E daí também acabou o respeito. Todos os bichos passaram a rir de mim e do meu nome. Barba de Leite! Até mesmo o pequinês anão da baia do lado, aquele que parecia um amontoado do que sobrou de outros bichos, ria de mim.

Um belo dia, uma família com crianças veio me buscar, e eles me deram um nome novo: Herbert. Por vezes era também Herr Bert.* Tudo eles achavam engraçado e fofo, e eu só pensava: *Por que vocês são tão desalmados?*

* Tem-se aqui um trocadilho intraduzível, já que “Herr” em alemão é “senhor”, com “Herr Bert”, portanto, significando “Senhor Bert”. (N. T.)

As crianças eram as piores. Seguravam o isqueiro perto do meu rabo, só por diversão, ou me jogavam de lá pra cá feito uma bola e gritavam: "Voa, Herr Bert!". Até que, por medo, acabei cravando as unhas de fora a fora no rosto de uma das crianças. E fiz de novo. Foi um troço sanguinolento. E depois disso fui parar de novo no abrigo.

E novamente passei a me chamar Barba de Leite.

Quando eu já estava achando que meu nome seria Barba de Leite para o resto da vida, a velha dona Berkowitz apareceu um dia na frente da minha baia. Ela olhou para mim, fez carinho na minha cabeça e disse: "Barba de Leite? Esse é seu nome? Puta merda!". Ela era uma senhora requintada, mas seu palavreado nem tanto.

Se eu hoje por vezes tenho um palavreado pouco requintado, saibam que não é culpa minha. Foi um equívoco pedagógico na minha educação.

A velha dona Berkowitz me levou com ela. Ficou em casa alguns dias pensando sobre um nome para mim e enquanto isso ouvia muita música. De um homem dos Estados Unidos, que ela chamava de Frankie Boy Sinatra. Esse Frankie Boy cantava bem, ainda que não tão bem quanto um sabiá--laranjeira. Mas para um humano estava ótimo. Seja como for, a velha dona Berkowitz me disse:

— *Frankie*. Você gosta desse nome?

E eu pensei: *Uau!* E quase desmaiei de entusiasmo. Depois saí correndo pelo vilarejo, gritando pra todo mundo:

— Eu sou o Frankie! Tenho o nome do Frankie Boy dos Estados Unidos!

Agora vocês sabem como foi que eu cheguei ao meu belo nome. Mas não era isso que eu queria contar.

O que eu queria contar era uma coisa completamente diferente, mas acabei me desviando um pouco do assunto. Por isso eu sempre digo para mim mesmo: não perca o foco quando está contando alguma coisa, Frankie! Acontece que não é fácil. Até porque eu não sei direito o que é um foco. Quer dizer, mais ou menos eu até sei. Mas não exatamente. Só sei que é uma coisa que a gente não pode perder. Então, onde eu estava mesmo?

Eu estava deitado no sofá da casa abandonada e ouvi o homem, que agora vou chamar apenas de Gold, andando pela casa.

Portas batiam. Pelo visto, ele tinha escondido comida em tudo o que é lugar. E só de pensar em comida, eu já estava ficando louco. Desde aqueles gafanhotos e umas pontas de linguiça velha que encontrei numa lata de lixo, eu não tinha botado mais nada no estômago. Mas eu estava no maior cagaço, claro. Eu não conhecia o Gold. Não conhecia a casa abandonada. Só que eu também estava muito curioso, então pulei do sofá e dei uma olhada ao redor.

Eu ainda estava com as patas trêmulas e levei um enorme susto porque tinha outro gato ali. Meu rabo se eriçou feito uma vassoura velha, eu rosnei e aí aconteceu algo estranho. O gato se parecia comigo. Só que era preto. Foi então que eu saquei: eu estava diante de uma TV imensa olhando assustado para a tela.

Eu já tinha visto algumas TVs, mas aquela ali era tão grande que parecia ocupar a parede inteira. Puta merda!

Eu adoro assistir TV. Sobretudo quando aparece bicho. O que eu mais gosto de ver são filmes de bicho sobre pinguins que ficam perto de um buraco no gelo, no meio de uma tempestade de neve, esperando uma eternidade por um peixe. Eu simplesmente não entendo os pinguins, mas alguma vez na vida eu gostaria de falar com um. Sobre como é a vida deles.

Quando os humanos aparecem em filmes é muito chato, porque na TV os humanos fazem quase sempre a mesma coisa: dão fim em outros humanos. De todas as formas imagináveis. Não sei por quê, ainda mais que eles nunca comem os humanos que ficam lá estirados.

Só de pensar em passar todas as noites deitado no sofá com o controle remoto na pata, eu já fico cansado. Mas no bom sentido.

Perambulando pela casa, eu só via livro que não acabava mais. Por toda parte havia estantes com livros. Se querem saber, livros são uma besteira só. Certa vez fui olhar dentro de um deles, mas só tinha uma porção de palavras e nada mais, e eu bocejava que era uma doideira. Mesmo assim eu nunca tinha visto uma casa tão boa. Tinha janelas com peitoris largos, como se tivessem sido construídas para um gato que gosta de ficar ali, espiando e dormindo. O que me chamou a atenção, enquanto eu passeava e farejava por ali, foi o cheiro. Não tinha aquele cheiro de rato podre ou do mijo do gordo do Heinz, se é que vocês estão achando isso. Tinha cheiro de... algo triste. Como se fosse uma velha toca de raposa onde já não mora mais ninguém. Eu não sei se vocês já olharam dentro de uma velha toca de raposa onde já não mora mais ninguém, mas lá o ambiente não é bom, tudo cheira a passado, a despedida e aos anos felizes da raposa, que não voltam mais.

Ali estava bem parecido com isso.

Subi uma escada. Encontrei mais quartos e mais livros. Mas tinha também uma cama grande, e pulei direto nela. Foi automático. Fiquei pisando que nem louco no cobertor macio, pisa daqui, pisa dali, e aí comecei a ronronar, o que também foi automático.

Nem lembro quando foi a última vez que me deitei numa cama. Mas posso contar para vocês onde eu moro. Atrás do vilarejo, bem no final do Caminho Longo, tem um pequeno monte com uma cerca em volta. Lá os humanos jogam fora tudo o que não querem mais. Pneus de carro, cadeiras, rádios, meias velhas e coisas assim. Vocês não acreditariam no tanto de coisas de que os humanos precisam para viver! São loucos por aparelhos, entopem a casa com eles. Quando a casa fica cheia, jogam fora alguns aparelhos velhos e trazem novos. O professor, que vocês ainda vão conhecer, acha que é por causa da *civilização*. Porque os humanos são *civilizados* e nós, bichos, não. E quem é civilizado precisa de um monte de aparelhos para impressionar os outros humanos e mostrar o quão civilizado é. Isso na prática é como uma horda de gorilas em que todos batem no peito como se fosse um tambor e se fazem de importantes. Seja como for, fico muito feliz com o fato de os humanos serem tão civilizados e por terem construído para mim um monte tão bonito. Nunca tive nenhum aparelho na vida, fora o pequeno lenço no meu pescoço. Foi a velha dona Berkowitz que me deu, e eu o uso como uma lembrança dela.

Mas eu queria contar para vocês onde eu moro. Bem lá em cima, no topo do monte, onde estão os muitos aparelhos dos humanos, tem uma banheira enferrujada, inclinada em uma pedra grande, com os pés apontando para o céu. Eu moro lá. Ou melhor: lá embaixo dela.

Quando a gente mora no topo de um monte, a gente fica numa boa. Por causa da vista. Mas às vezes é ruim também. Por causa dos guaxinins, que ficam zanzando furtivamente à noite com aquele focinho aguçado e me deixam morrendo de medo. No inverno eu fico agachado lá bem no fundo, na borda da banheira, naquele chão duro como gelo. Enfio a cabeça entre as patas, deixo o rabo pertinho do corpo, minha bunda de gato magrinha fica tremendo de frio e sonho que estou numa das casas fumegantes do vilarejo lá de baixo. Por isso eu nem conseguia acreditar que estava deitado numa cama.

Bom, mas aí eu fiquei pensando. Gold talvez fosse um babaca, sem dúvida. Mas acho que não seria um babaca muito perigoso. E ele estava com a consciência pesada. E ele tinha um fio magnífico. E um montão de comida. E a maior TV do mundo. E uma cama supermacia. E tudo isso numa casa só.

Agora somem todas essas vantagens e tirem suas conclusões com a mente sagaz de vocês.

Isso mesmo. É como ganhar na loteria!

Pois é, assim eu ia pensando. Até que o Gold voltou para casa.

— Olá?

— Tô aqui em cima — respondi.

— Ah... EU... COMER... CONSERVAS...

Eu não estava entendendo nada e corri pra baixo. Gold estava na cozinha.

— EU PROCUREI. POR TODA PARTE. MAS...

Aí eu finalmente perdi a paciência.

— Vamos, já está tudo bem... Agora fale comigo como se eu fosse gente! O que tem pra comer?

Gold ficou me olhando espantado e de novo a boca dele começou a ficar branca, até que disse:

— Só achei isso aqui. — E colocou dois vidros de conserva e uma lata em cima da mesa da cozinha.

Logo vi que as duas conservas e a lata eram uma porcaria. Porque nas conservas tinha uns dedos verdes e grossos, que Gold chamou de "pepinos condimentados". E na lata tinha uns anéis amarelos com um furo no meio.

— Abacaxi — disse Gold, e segurou na minha frente um anel amarelo. — É uma... hm... fruta doce, exótica, do sul. Da América Latina, por exemplo. Ou África. O abacaxi cresce em arbustos, não em árvores.

Foi aí que eu reparei numa coisa. Gold falava de um jeito estranho. Que nem um cisne. Os cisnes também ficam falando bobagens que não interessam a ninguém. Uma vez eu cheguei para um cisne que estava sentado num lago e disse: "Ei, cisne! Que que tá rolando?", e o cisne garantiu: "Ora, eu não rolo. Eu nado. Mas obrigado por perguntar, caro senhor Frankie! Hoje está bom para nadar, a água está boa, quase morna, e bem no meio do lago tem uma ondulação que traz para a superfície água fria lá de baixo, minha mulher sempre diz...". E coisa e tal, tal e coisa. Conversa fiada. Papo de comadre. Por isso que ninguém gosta de falar com cisnes. Porque são convencidos.

— Você tem carne aí? — perguntei.

Gold fez que não com a cabeça.

— Ou linguiça? Um pedacinho de queijo, pelo menos? Gosto do emmental.

Gold fez que não com a cabeça.

— Algo que tenha a ver com coalhada? Um pouco de nata? Não? Leite, quem sabe?

— Não tenho nada pra comer! Sinto muito. Eu daria se tivesse, é claro. Tudo. É que fazia um tempão que eu não vinha pra esta casa. Desde que Linda, um ano atrás... ahm... pois é. E eu também não comprei nada, porque... ahm, é que... pra quê?

Então ele apontou para cima, para o fio. Sinceramente, não entendi o que Gold quis dizer. Além do mais: nada para comer. Apenas dedos verdes e anéis com furo.

Então eu comi um anel com furo, que tinha um gosto doce, bem doce, como aquele que tem atrás da orelha de um rato. Só que pior.

Quando eu acabei de comer, Gold abriu a porta e disse:

— Então, eu gostaria que agora você fosse pra sua casa, enfim...

Ignorei a porta. Passei por Gold enquanto me dirigia à sala, pulei de novo no sofá, me estiquei e disse:

— Você tem TV a cabo? Gosta de filme de bicho?

Constatei que, infelizmente, não tinha TV a cabo.

— TV gigante, mas sem canais pagos?

— Cancelaram — disse Gold. Ele ficou ainda um instante indeciso dando uma volta pela cozinha e então foi para a sala com uma garrafa na mão e se sentou na poltrona à minha frente. Ali estávamos nós.

Gold não dizia nada. Apenas olhava fixamente para o fio e franzia a testa, como se estivesse pensando. Eu também não dizia nada, já que não sabia o que dizer. Ou melhor, não sabia como.

Eu não tinha a menor ideia de como conversar de verdade com um ser humano. Até ali eu só tinha ouvido humanos falando. Aí me deu um estalo: estou habituado a primeiro cheirar a criatura por um tempo antes de engatar uma conversa com ela. É uma coisa cultural. Por exemplo, se encontro um cachorro ou outro gato que não é agressivo nem está cheio de sarna ou pulgas, nós nos farejamos mutuamente. Primeiro com cuidado. Depois enfiamos o nariz em todo lugar. É isso mesmo: em todo lugar.

Assim descobrimos um monte de coisas: idade, onde mora, fraquezas de caráter e por aí vai. Aconteceu desse modo também com o meu amigo, o professor, que vocês ainda vão conhecer. Foi assim: nariz dentro, na frente, atrás e assim por diante. Quando afastamos o nariz de novo, ficou claro: a coisa tava rolando!

Com os humanos a coisa é bem diferente. Seja como for, eu nunca vi como enfiar o nariz neles. Por isso é tão complicado engatar uma conversa com os humanos. Minha opinião.

Gold não disse mais nada. Só ficou bebendo a garrafa. Algo que parecia água, mas que não tinha cheiro de água. Lá fora já estava escuro, a sala inteira se encheu de silêncio, e com o tempo isso me pareceu um problema, um problema de estado de ânimo. Sobretudo porque, de fato, agora morávamos juntos. De repente eu pensei em pular no colo de Gold e deixar o meu traseiro na cara dele, para ele cheirar. Como uma proposta de conversa. Mas então de súbito eu disse alguma coisa. As palavras simplesmente caíram do meu focinho.

— Você conhece o Flipper?

Gold olhou para mim de um jeito, como se eu tivesse feito cocô no tapete.

— Quê?

— Flipper. É um golfinho muito inteligente que ajuda as pessoas. Na TV. Gosto de assistir. Só que não acredito.

— No quê? No que você não acredita?

— Bem, eu só não acredito que um golfinho seja tão inteligente. Na verdade, eu só conheço carpas. Do lago daqui. Também é peixe, um pequeno golfinho, portanto. E elas não são inteligentes. Você conhece alguma carpa inteligente? Ou algum golfinho?

Esse foi um tema muito bom para a conversa. Ninguém pode dizer que não.

— Diferentemente das carpas, os golfinhos não são peixes — disse Gold. — Golfinhos são mamíferos. Assim como as baleias.

Então ele se calou de novo por um bom tempo. Bebeu a garrafa. Devia estar com uma sede daquelas! E como eu já imaginava sobre conversas com humanos — barbaridade! —, o que Gold disse depois, do nada, não tinha nada a ver com o assunto:

— Você conhece a Lassie?

E eu:

— Claro, cara!

E ele:

— A Lassie, puxa vida! Quando era criança eu sempre quis ter um cachorro como ela. Collie! Maravilhosa! Eu era louco pela Lassie.

Aí o papo deslanchou. Do Flipper e da Lassie passamos para o porquinho Babe. Depois para o Comissário Rex. E para Kermit, o sapo. King Kong, Bambi, Mister Ed, Garfield e pinguins em geral, até que chegamos à pergunta: por que a abelha Maia é tão irritante?

— Todas as abelhas são espertalhonas? — perguntou Gold.

— A maioria — respondi.

Gold sabia muitas coisas interessantes sobre bichos famosos. Mas também muitas coisas desinteressantes. Ele começou a falar sobre os animais na literatura e perguntava se eu conhecia uma tal de Moby Dick, um Gato Murr e uns ursos pouco inteligentes, Looh ou Booh ou Pooh. O problema era também que estava cada vez mais difícil entender o que Gold falava. A garrafa estava vazia, e ele falava como se tivesse uma bola de sebo na boca. Por fim, com dificuldade, Gold se inclinou para a frente na poltrona, sua cabeça pendia, senti o cheiro do que tinha na garrafa.

— Frankie, preciso perguntar de novo. Mas é sério! Estou ficando louco? É sério!

E eu:

— Que nada. Quer dizer. Acho que não.

E ele:

— Aí está a prova! Quando a gente pergunta para um gato se a gente está louco e ele responde, é porque a gente está louco! Aí está a prova!

Gold não disse mais nada. Apenas continuou largado, triste, na poltrona. Enfim seus olhos se fecharam e ele começou a roncar feito uma alcateia de lobos. Mesmo assim, foi uma boa conversa.

Subi de mansinho a escada para o quarto que tinha a cama supermacia e me aninhei nela. Mas eu estava muito agitado e pulei no parapeito da janela. Vi a lua lá fora, o seu brilho sobre o pequeno monte com a minha banheira velha no topo, e pensei: *Frankie, você é louco de pedra. Ninguém vai acreditar em nada disso. Nem você acredita.*

3

DE COISAS COMO A CONSIDERAÇÃO

Conforme amanhecia, eu ia ficando inquieto. Gold continuava largado na poltrona, dormindo. Eu pulei no colo dele e disse:

— Ei, acorda!

Gold não reagiu. Com a pata, pressionei o rosto dele, o nariz. É divertido apertar a lateral do nariz dos humanos, porque é liso e mole, meio como uma lesma gorda e sem casa. Gold levou um baita susto, ficou me encarando e disse:

— Ah, merda. Então era você. Não era sonho.

— Eu preciso fazer xixi. Você poderia...

Apontei com a pata para a porta da casa, que estava fechada.

— Que... que horas são?

— Não faço a menor ideia. Eu sou um gato. Não uso relógio.

Gold olhou para o seu pequeno telefone, que reluzia na escuridão feito um vaga-lume.

— Quatro e meia...

— Sim, e daí?

— Está cedo, muito cedo.

— Preciso fazer xixi.

— Aguenta aí. Xixi só a partir das sete. São as regras da casa. Minha casa, minhas regras. — E fechou os olhos.

Pressionei novamente seu nariz com a pata.

— Sete horas! — disse Gold e virou para o lado.

Coloquei o meu focinho na orelha dele e falei diretamente lá dentro, como se fosse um buraco de rato:

— Preciso. Fazer. Xixi.

— Cai fora!

Emiti alguns miados desesperados. Mas Gold não se mexia nem um tiquinho. Então pulei da poltrona e comecei a arranhar o sofá.

— O que você está fazendo? Pare com isso! — gritou Gold.

— Estou insatisfeito com a situação como um todo. Estou expressando isso.

— Destruindo meu sofá?

— Preciso fazer xixi.

— E eu preciso dormir! É madrugada, e eu não estou bem. Estou péssimo. Você poderia ter um pouco de consideração? Obrigado.

— O que é consideração?

— Você tá de sacanagem, né?

— Sacanagem?

— Mesma coisa que zoeira, chacota, brincadeira. Quer saber o que é consideração?

— Não, quero fazer xixi.

— Cara, você me dá nos nervos! Consideração é quando a gente respeita as necessidades dos outros.

— Hum. Gostei. Preciso fazer xixi!

— As dos outros! Não as suas próprias necessidades.

— OK.

— Sério?

— Não.

— Preste atenção: eu vou levantar e abrir a porta por consideração a você. E depois, quando você voltar, fique de bico fechado e me deixe dormir por consideração a mim.

— Beleza, entendi.

* * *

Mas é claro que não estava beleza. Fiz xixi num canteiro cheio de mato, fiquei escutando os ruídos dos bichos, olhei para o céu e pensei: *Consideração. Que loucura!* Então, se uma águia faminta passar por mim, ela vai dizer: “Vou te pegar! Mas pode se preparar com calma, Frankie”.

E eu digo assim: “Puxa, obrigado, águia”.

E ela então: “Sem problema, Frankie. É preciso ter consideração”.

Com frequência os humanos não têm a menor ideia de nada. Mas caso você more com um deles, uma coisa é fundamental: impor limites! E mostrar quem é o chefe. Senão, eles vão sapatear na sua cara e querer mandar em tudo. Com coisas como a consideração. Rapidinho a gente começa a precisar de permissão para tudo, aí só vai poder fazer xixi quando eles quiserem e só vai poder dormir onde eles quiserem. Ou então a coisa degringola e a gente acaba, por pura consideração, que nem o gordo do Heinz.

Aquele gordo do Heinz mora perto da casa abandonada, ao virar a esquina pelo Caminho Longo. Ele não é bem a mente mais brilhante do canil, mas isso não é culpa dele. Muitas vezes tenho pena porque todo dia ele corre atrás de um pedaço de pau que seu humano joga para ele no jardim imenso. E é sempre a mesma coisa: o humano se senta num banco de madeira na frente da casa, com suas pernas curtas esticadas, e fuma. O homem se chama sr. Kaufmann e também é gordo. Ainda mais gordo que o gordo do Heinz. Quando o sr. Kaufmann joga o pedaço de pau, suas banhas todas balançam. Pra vocês terem uma ideia. O gordo do Heinz corre atrás do pau de madeira e o deixa aos pés do sr. Kaufmann. E então começa tudo de novo.

Joga.

Corre.

Joga.

Corre.

Não acaba nunca.

A respiração ofegante e rouca do gordo do Heinz é ouvida por metade do vilarejo, e todos pensam: *Será que ele está morrendo?* Menos o sr. Kaufmann. Ele grita: "Ei, meu garoto, você gosta disso, não é? Você gosta!".

Uma vez, perguntei ao gordo do Heinz se ele gostava.

Foi tipo assim:

— Heinz, por que você faz aquilo com o pedaço de pau? Mó besteira. Fica correndo de um lado pro outro que nem doido.

Heinz:

— Meu velho, eu sei. Mas não consigo evitar.

— Não?

— De jeito nenhum.

— Quer falar sobre isso?

— Faço isso pelo meu humano porque eu acho que ele gosta, e o meu humano faz isso por mim porque ele acha que eu gosto.

— Entendo. É um círculo vicioso.

— Bem isso.

Então eu comecei a imaginar que no mundo todo os cachorros correm atrás de um pau velho só porque não querem dizer a verdade para os seus humanos. Ou como diria Gold, o sabichão: é que eles têm consideração. E é por isso que a consideração não leva a nada de bom. Pelo menos não para nós, bichos. É isso.

Me esgueirei de volta para casa. Gold tinha mudado de lugar. Agora ele estava deitado no sofá, dormindo embrulhado num cobertor. Apertei o nariz dele com a minha pata e disse:

— Ei, acorde! Fome!

Como eu tinha consideração, fiz isso só três vezes.

O problema era que não tinha comida. E outro problema era que Gold não dava a mínima para esse problema. Só ficava ali deitado. No começo estava dormindo no sofá, depois ficou olhando para o nada. E isso era esquisito, já que os humanos, até onde eu sei, estão sempre fazendo alguma coisa. Principalmente trabalhando. Trabalham e trabalham, e no fim derrubam uma floresta ou constroem uma casa ou tiram areia de três montes com uma pá, da esquerda para a direita, ou cavam algum buraco em algum lugar. Os humanos trabalham demais, e isso irrita qualquer um que não seja humano, porque gera tumulto e acaba com o sossego. Só que agora eu ficaria feliz se o Gold fizesse alguma coisa. Porque estava sinistro o jeito como ele ficava lá deitado, sem mexer um dedo sequer.

Novamente eu disse:

— Tô com fome!

Mas dessa vez eu fiz cara fofinha, e isso sempre ajuda com os humanos. Uma *cara fofinha* é assim: a cabeça inclinada, a boca projetada para a frente, orelhas um pouco dobradas para baixo, os olhos bem abertos e — o mais importante — expressar a enganação toda com o olhar. Amor, expectativa, dor, desejo e assim por diante. Mas daí é preciso equilibrar bem. Dor demais é ruim, porque aí o humano não vai pensar: "Ai, que fofo!", e sim: "Hum, problema digestivo".

Nem com a carinha fofa Gold reagiu.

— Vá pegar um rato — ele disse apenas.

Aí eu fiquei preocupadíssimo. Aquilo não tinha cabimento.

— Você não sente fome? — perguntei.

— Você quer mesmo comer alguma coisa, né? Pois eu não preciso de mais nada — disse Gold. — Tanto faz. Tanto faz como tanto fez.

E isso era ainda mais sinistro do que só ficar deitado e olhando ao redor. Conheço uma pá de gente, e isso inclui tipos bem estranhos: corujas, cisnes, cachorros, um texugo caolho, um pega-rabilonga com soluço e uma ovelha chamada Átila, rei dos hunos. Mas, de verdade, não conheço ninguém capaz de dizer que não precisa mais comer e que para ele *tanto faz*. Acho que nem um besouro rola-bosta, que fica o dia inteiro só rolando bosta, diria isso. E isso porque ele está sempre interessado num monte de bosta.

Pulei no peitoril da janela, olhei desanimado para o jardim e comecei a pensar. Se Gold não tá nem aí pra nada, pela lógica ele não tá nem aí pra mim também. E aquela minha bela ideia de viver na casa abandonada, de ter ganhado na loteria e coisa e tal... esquece. Eu estava com um problema.

Mas aí de repente aconteceu uma coisa. É assim nas histórias e na vida. De repente acontece alguma coisa.

Eu estava olhando pela janela, quando um pequeno carro branco veio subindo pelo Caminho Longo e parou bem na frente da casa abandonada. Dele saiu uma mulher. Uma mulher com uma maleta. Uma mulher com uma maleta e que agora tocava a campainha.

— Visita — eu disse.

— Merda — disse Gold.

4

MEU PEQUENO KOT

A mulher com a maleta tocou a campainha mais duas vezes e, como ninguém atendeu, abriu o portão, atravessou o jardim e chegou até a casa. Gold, que estava observando tudo, pulou do sofá e foi em direção à porta. Nisso ele correu de volta, subiu numa cadeira e arrancou o fio depressa, que até então continuava pendurado. Refletiu por um instante sobre o que deveria fazer, então arremessou o fio para trás do sofá e de novo correu em direção à porta. Eu saí dali devagar, de mansinho, me escondi na cozinha e fiquei num canto espiando.

Gold abriu a porta da casa e conversou com a mulher. Pela voz, ela parecia jovem. Pelo menos mais nova que Gold. Só não me perguntem sobre a aparência dela. Não faço a menor ideia! Também não sei com certeza qual é a aparência de Gold, caso vocês estejam se perguntando esse tempo todo.

Sinto muito. Fiquei sabendo que, nos livros que os humanos escrevem, as pessoas são descritas nos mínimos detalhes. O mesmo vale para uma árvore. Ou para a cor do céu. Foi o que me contou o pessoal da editora, e isso porque os humanos que leem livros gostam de formar uma imagem na cabeça. Daí leram em voz alta para mim um exemplo de um livro do famoso escritor esqueci-o-nome-dele, que ficava uma eternidade descrevendo como uma pessoa coçava o pé e como bebia água de uma torneira enferrujada e então de novo coçava o pé e quantos pelos tinha no pé, e isso tudo em algumas muitas páginas. Era impressionante.

Acontece que eu sou um gato e, para mim, todos os humanos têm a mesma aparência. São assim: um corpo em forma de ovo no meio, com duas patas saindo dali e uma cabeça enorme. Pronto, esse é o ser humano. O pelo? Esqueci. Apenas alguns tufos grudados em lugares que a gente nem nota. Quem quer que tenha criado o ser humano não se esforçou lá muito na tarefa. É isso.

Devagar vou chegando ao ponto: eu diferencio os humanos pelo cheiro e pela voz. A mulher com a maleta tinha cheiro de flores, grama e leite. Gold tinha cheiro de poeira, folhagem molhada e água da garrafa (que não era água). Gold tinha uma voz que zumbia e sussurrava feito um bando de zangões. Já a voz da mulher era mais um chilreio. Que nem o de um pardal-doméstico, mas era mais clara e mais forte, então pendia mais para o de um pardal-montês. Sacou? E foi com esse chilrear que a mulher com a maleta disse para o Gold:

— O senhor entrou em contato conosco. Por causa de uma gata morta.

— Ah... sim! — disse Gold. — O atendimento veterinário. E a senhora é?

— Anna Komarowa, veterinária. O animal está aqui no jardim?

— Não. Quer dizer... não mais. Eu acho que o problema já se resolveu.

— Se resolveu?

— Eu me enganei. O... o gato está vivo. Sinto muito, eu devia ter informado.

— Então, primeiro o gato estava morto, e agora está vivo de novo? Como, Jesus? — disse, rindo, a mulher que se chamava Anna Komarowa.

— Olha, eu realmente sinto muito por ter feito a senhora vir até aqui à toa... — Gold parecia nervoso. Extremamente nervoso.

— Tem alguma pista do gato?

— Pista?

— O senhor o viu de novo? Talvez estivesse machucado e agora esteja em algum lugar por aqui, no meio de um arbusto.

Anna Komarowa lançou um olhar pelo jardim.

— Não, não. Ali não tem nada. A senhora pode ir sossegada. Acredite em mim, o gato está bem.

— O senhor tem certeza? E como o senhor sabe que é um gato e não uma gata? Examinou o animal?

— Hã? Não! Claro que não. Ele me disse... Quer dizer, não foi ELE que me disse! Eu disse. Para mim mesmo. Com certeza é um gato macho, eu pensei assim que o vi lá deitado. Nada de mais.

Anna Komarowa olhava para Gold como se ele tivesse um parafuso a menos na cabeça.

— Bom, vamos ver se eu entendi direito: primeiro havia, como posso dizer, um felino aqui no jardim. Então o senhor deu uma olhada nele e pensou: "Ah, com certeza é um gato macho. E está morto". Aí o senhor ligou para a nossa clínica. Depois disso, o gato macho morto não estava mais morto, e... foi embora. Por isso o senhor acredita que ele está vivo. Mas o senhor não o viu mais. E mesmo não tendo visto o gato de novo, o senhor tem certeza de que ele não está machucado. Por causa disso, nem deu uma olhada no jardim, ainda que qualquer pessoa normal fizesse isso no seu lugar. Especialmente se fosse um gato morto, que de repente sumiu. O senhor percebe como essa história é estranha?

Gold acenou com a cabeça. E disse:

— OK — e de novo: —, OK. — E nisso olhou para Anna Komarowa como se estivesse prestes a arrancar a cabeça dela. Mas Anna devolveu o mesmo olhar. Eu vou dizer para vocês: pareciam dois cervos no cio de manhã, parados em uma clareira e se olhando feio antes de partirem para a briga.

— A senhora não vai deixar isso pra lá, né? — disse Gold.

— Não com uma história tão tosca.

— Certo. Tá bom. Como queira. O gato está aqui em casa. A senhora pode levá-lo se quiser. Pra mim tanto faz. Até me faz um favor se o levar. Frankie! Visitinha pra você!

E foi assim que eu conheci Anna Komarowa. Ela se agachou na minha frente, sorriu e disse:

— Olá, Frankie. Eu sou a Anna.

Ela não foi logo me agarrando. Primeiro estendeu sua pata para que eu pudesse cheirá-la, e isso eu achei gentil e até fofo, e digo num nível pessoal mesmo.

— Vou examinar você agora, tudo bem? — ela disse. — Não tenha medo. Var ser rapidinho e não vai doer nada.

As duas coisas eram mentira.

Essa Anna Komarowa falava um humanês meio esquisito. Digo, o som era meio esquisito. Ela dizia para mim:

— *Kot*, ah, meu pequeno *kot*.*

Ela cantarolava sozinha, remexendo na maleta, e eu pensava, indignado: *Kot? Está me chamando de kot?* Então ela disse, como se pudesse ler meus pensamentos:

— *Kot* é gato em russo. Meu pequeno *kot*.

Tá aí uma coisa que eu não entendo: por que existem tantos tipos diferentes de humanês? Certa vez, no abrigo de animais, encontrei um gato chamado Juan que veio de algum lugar bem longe. O lugar se chamava Espanha, ou algo do tipo. Mas não teve problema nenhum. Porque o Juan não falava gatês espanhês, como vocês podem estar pensando, mas sim o gatês comum, como todos nós. Motivo: não existe outro tipo de gatês. Todos usam o gatês comum. De qualquer forma, eu perguntei:

— Ei, Juan, como é lá na Espanha?

Juan:

— Quente.

Eu:

— E os gatos?

Juan:

— São calorosos, amigo.

* Trocadilho intraduzível, já que "kot" em alemão é "cocô", mas em russo, como a personagem logo revelará, significa "gato". (N. T.)

Aí nós batemos um papo pra lá de bom, e eu fiquei sabendo um montão de coisas sobre a Espanha e que os seres humanos de lá ferem touros e lutam com eles em arenas e cometem outros disparates. E agora imaginem que estão aqui sentados dois humanos, um vem de algum lugar e o outro vem de sei lá onde.

Pode esquecer! Um não vai entender nada do que o outro diz, vão ficar o dia inteiro coçando a cabeça e pensando: *Hã?* Essa é, com certeza, a coisa mais idiota que há no mundo.

Eu preferia nem contar o que aconteceu depois. Mas vou contar mesmo assim. Anna Komarowa disse:

— Meu pequeno *kot*, agora você tem que ser valente. — E começou a dar umas amassadas em volta da minha cabeça. Primeiro na minha orelha esquerda, a que falta um pedaço. Foi um guaxinim que arrancou um dia, com aquele focinho pontudo. Guaxinins são canalhas, surrupiam as orelhas dos outros bichos.

Então Anna Komarowa amassou o pior lugar, bem onde o negócio que Gold jogou me atingiu. Ela disse:

— Oi, oi, meu pequeno *kot*. — E pingou alguma coisa bem em cima. Queimava como fogo! Eu gritei tanto que dava dó, fiquei até envergonhado. De repente ela me espetou com uma flecha, e eu gritava e rosnava. Enquanto eu ainda gritava e rosnava, Anna Komarowa introduziu algo no meu traseiro. Uma vareta curta e fria. Além de tudo, eu estava sendo afrontado! Enquanto eu pensava: *OK, por trás*, Anna Komarowa já estava na frente de novo. Abriu minha boca e meteu algo lá dentro.

— É para os vermes — ela disse.

Eu me senti o gato mais xexelento do mundo. Então Anna Komarowa me pôs de costas para o chão, afastou minhas patas de trás, vasculhou meu pelo.

— Ah, bom, você é castrado, meu pequeno *kot* — ela disse.

Então ela me soltou, e eu voei para debaixo do sofá e fiquei lá encolhido, com a bunda encostada na parede, tremendo de medo e de raiva. Humanos! Por que vocês fazem isso? Oprimir um gato irrepreensível como eu, espetá-lo com flechas, pingar um troço que queima na cabeça? Ficam felizes com isso? Vocês são maldosos nesse nível? E por que eu sou *castrado*?

Pra falar a verdade, eu não sei o que significa "castrado". Mas, se eu fosse castrado, eu saberia, é lógico. Ou me sentiria assim. E por certo já teria vindo alguém me dizer: "Ei, Frankie, você parece meio castrado hoje". Mas assim são os humanos. Gostam de dizer coisas idiotas sobre os bichos, misturam tudo com palavras difíceis, pois acham que só eles entendem essas palavras e aí se sentem superiores, os senhores do mundo.

Enquanto eu tremia agachado embaixo do sofá, Gold e Anna Komarowa conversavam. Pode ser que eu não tenha captado tudo da conversa deles. Afinal, eu ainda estava em estado de choque, e a gente não ouve muito bem quando está debaixo de um sofá. Mas o que eu captei foi o seguinte:

— Aqui estão os comprimidos — disse Anna Komarowa. — Dê para ele um por dia, durante cinco dias, para que o ferimento na cabeça não inflame.

— Não posso cuidar dele — disse Gold. — Eu estou... Eu tenho que ir embora. Esse gato não é meu.

— Ele está debaixo do seu sofá. Na sua casa.

— Leve-o com você, por favor.

— Eu sou veterinária, não um abrigo de animais.

— Eu realmente não posso, sinto muito.

— Qual é o seu problema?

— EU sou o problema — disse Gold.

— Alérgico a pelo de gato?

— Hã? Não...

— Ora, então. É só cuidar de um animal durante cinco dias, até ele ficar mais forte. Até uma criança consegue fazer isso. Não seja um babaca. E compre algo decente para ele comer. Está muito magrinho. Aqui está o endereço do pet shop. Lá você encontra tudo. Eu vou retornar para dar uma olhada nele. Cuide bem do meu pequeno *kot*.

E então Anna Komarowa se foi. Entrou em seu carrinho, que saiu roncando pelo Caminho Longo.

Cinco dias, pensei.

5
SAUDAÇÕES, GUIA SUPREMO!

Logo peguei no sono. Acordei. Em algum momento, Gold apare-ceu diante do sofá e disse:

— Frankie, você ainda está aí embaixo?

Eu respondi:

— Talvez.

— Estou indo embora — disse Gold.

— Embora? Pra onde?

— Fazer coisas. Fazer compras — disse Gold.

— No pet shop?

— Pode ser que sim.

Saí rastejando de debaixo do sofá.

— Eu vou junto.

— Pode esquecer. Já, já estou de volta.

— Eu vou junto.

— Esta casa é regida pelo MPP, Frankie.

— MPP?

— Modo de proceder padrão. Significa: você faz o que eu mando. E o mais importante: não me irrite! Ou eu vou ficar insuportável.

— Você está irritado agora?

— Ainda não exatamente. Mas isso pode mudar rapidinho.

— Ah, entendo. Muito interessante.

E então eu simplesmente segui o Gold até o carro, e não havia nada que ele pudesse fazer. Quando ele abriu a porta, eu rapidamente deslizei para dentro, passando por ele. Sem problema nenhum. No carro, farejei um pouco em volta, então me sentei ao lado de Gold e disse:

— Por mim, podemos ir.

Ele me olhou com cara de bravo, e eu pensei: *É agora que ele me cata e me joga pra fora*. Mas eis que ele disse apenas:

— Ah, dane-se também. — E deu partida.

Vocês podem estar pensando: *Por que um gato quer ir junto fazer compras?* Que bobagem! É que eu não confiava em Gold. "Não posso cuidar dele", foi o que ele disse à Anna Komarowa. Muito provavelmente ele estava querendo mesmo era picar a mula. Sem mim.

Pois os seres humanos são assim. Eu já vivi isso antes. A velha dona Berkowitz me tirou do abrigo e depois foi embora. De um dia para o outro. Partiu no carro branco com luzes no teto. Sem se despedir nem dar satisfação. E é por isso que agora eu estou sentado aqui.

Além disso, quando ouvi a palavra "pet shop" pouco antes, já fiquei com as orelhas em pé. Certa vez eu conheci uma raposa que conhecia um terrier que tinha um tio, e este uma vez foi a um pet shop. E a raposa me contou... Num pet shop, os humanos servem os bichos. Com roupa branca, supergentis, falando a língua da bicharada e tudo o mais. Já na entrada eles oferecem comida e perguntam: "O que o senhor gostaria de comer? Secos ou molhados? Culinária local ou internacional?". Se a gente aparece carregando algum pacote, por exemplo, um burro de carga, vem um ser humano correndo e se ocupa do pacote do burro de carga. E no pet shop a gente também pode ser acariciado, despulgado, massageado ou penteado, pode se esbaldar em erva-dos-gatos ou ficar o dia inteiro assistindo a documentários sobre pinguins.

Eu disse:

— Uau, raposa! Isso parece genial!

E ela:

— Pet shop é o melhor lugar da face do planeta. Ouça o que eu digo.

Mas também é preciso saber do seguinte: raposas mentem muito. Elas exageram mesmo, o tempo todo. É da natureza delas. Não acho ruim, porque elas não fazem por mal. Quando você encontra uma raposa pela floresta e pergunta: "Ainda falta muito pra chegar ao rio?", a raposa responde, taxativa: "Já é virando logo ali, meu amigo!". Pois você vai caminhar ainda metade de um dia inteiro. Mas as raposas nunca falam mal das coisas e das pessoas. São sempre positivas. Como um céu azul, sempre. Por isso, pega bem convidá-las para enterros. Para fazerem o elogio fúnebre. Só não para enterro de galinhas, é claro. Em todos os enterros em que estive presente, tinha sempre uma raposa para fazer o elogio fúnebre, e no final estavam todos chorando litros e achando o morto muito melhor que os vivos. Se o pet shop for pelo menos metade de tudo o que a raposa contou, eu já quero a todo custo ir para lá.

Seguimos lentamente pelo Caminho Longo, atravessando o vilarejo. Sempre que eu via alguém, fosse gente ou bicho, dava um aceno com a pata. Como se eu fosse um rei ou um presidente. Fiquei sabendo pela TV que reis e presidentes têm de fazer isso todos os dias. Andar por aí e acenar. O porquê disso eu não sei, mas acho que é bem assim quando se tem que trabalhar o dia inteiro, como os humanos fazem o tempo todo. Seja como for, eu seria um bom presidente, caso vocês precisem de um.

Passado o vilarejo, começamos a ir mais rápido. Eu olhava pela janela e para todo lado havia bairros e praças onde eu jamais havia estado, territórios desconhecidos. Era uma enormidade. Como o mundo é grande! Aqui tem tudo isso para ver, cheirar e escutar!

É uma pena que o carro balançava e zunia de um jeito que vocês não acreditam. As árvores passavam por mim chispando, os arbustos, até mesmo as nuvens, e isso me deixou muito atordoado. Desde quando as árvores saem voando assim por aí? Então eu comecei a bocejar, a miar num tom queixoso e a me sentir doente e perdido. Eu estava passando muito mal. Por que eu inventei de entrar no carro? *Frankie, como você é burro!*

— Que foi? — perguntou Gold.

— Não estou me sentindo bem.

Ele reduziu a velocidade.

— Obrigado — respondi miando e deitei de bruços.

— Só não vai vomitar tudo aqui dentro do carro — disse Gold. — Você está numa Mercedes 280 SL, ano 86.

— Claro — eu disse. Não fazia a menor ideia do que ele estava falando. O carro era apertado, tinha cheiro de coisa velha, tipo cachorro molhado, e tinha só dois lugares. Imaginei que era carro de pobre.

Gold abaixou o vidro da janela, e o vento entrou revolteando. Ele fazia uma música, era um suave tilintar e soprar.

— Concentre-se na música e respire — disse Gold. — Linda também vira e mexe passava mal no carro. Você tem que respirar. Inspire conscientemente, expire conscientemente. Isso ajuda.

— Quem é Linda? — perguntei ao respirar.

— Minha mulher.

Merda, pensei. Uma pessoa já dá problema e a gente nunca sabe o que esperar. Agora, duas pessoas?

— Você tem uma mulher?

— Tinha — disse Gold. — Agora não mais.

Ufa, que sorte, pensei.

— E onde ela está agora? Algum território novo?

— Sim, de certo modo. No céu — disse Gold, apontando para cima.

— No céu? Junto com os pássaros ou coisa assim?

Para mim, parecia muito improvável que um humano pudesse voar até lá em cima.

— Com Deus. Se é que Deus existe.

— Céu? Deus? Não tô entendendo nada.

— Respire em vez de ficar tagarelando!

— Posso respirar e tagarelar. Quem é Deus?

— Você não é religioso, né?

— Ser religioso é que nem ser castrado?

— Não exatamente. Deus é, digamos, o chefe. Ele que criou o mundo. Deus conduz e protege as pessoas. Quem é religioso acredita em Deus.

— Ah, o guia supremo!

— Exato. Você acredita no *guia supremo*?

— Tem cachorro que acredita. Sobretudo os tipos agressivos, que não são lá muito espertos. Pit bulls, dobermanns, buldogues etc. Eles acham que existe um guia supremo. O guia supremo antes se chamava Blondie, antes de se tornar guia supremo.

— Blondie?

— Foi o que eu fiquei sabendo. Dizem que ele é mais velho que o tempo e que é um pastor-alemão. Só que gigantesco! Com focinho gigante e dentes gigantes. Mora em algum lugar bem lá em cima, num canil gigante que fica numa montanha gigante, e às vezes de lá de cima ele late coisas muito inteligentes que todos têm de seguir. Mas talvez nem sejam coisas inteligentes.

— E você?

— Eu não sei se o guia supremo existe.

— Então você é agnóstico?

— Claro.

— Você sabe o que é agnóstico?

— Agnóstico é o cara que vende óculos.

— Isso é quem trabalha em ótica.

— Se você prefere assim... Mas agnóstico não é o cara que vende óculos?

— Tem gente que trabalha em ótica que certamente é agnóstica.

— Ah, então.

— Mas não é a mesma coisa!

— E nem eu disse que era! Cara, estou passando mal. Estou passando muito mal.

A estrada ficou mais acidentada, o carro de repente passou a sacolejar daqui pra lá e de lá pra cá como se a gente estivesse surfando. Não que eu já tenha surfado antes. Mas vocês sabem o que eu quero dizer. Gold pôs a mão na minha cabeça, pena que só por um instante, como se ele estivesse com medo. A mão era grande e pesada, minha cabeça quase sumia inteira lá no meio, parecia uma caverna. Aquilo me acalmou. Fechei os olhos, respirei — inspire conscientemente, expire conscientemente —, ouvi com atenção a música que tilintava. Mas a melhor coisa era papear, porque me distraía.

— Por que sua mulher quis tanto ir para o céu? É absurdamente longe.

— Minha mulher morreu — disse Gold.

E só então eu entendi o que tinha acontecido.

Mas também não tinha entendido tudo.

— O céu não é bem um lugar — Gold prosseguiu. — É mais uma... metáfora. Uma ideia consoladora, você entende?

— Não.

— Muitas pessoas acreditam na vida após a morte. A alma do morto sobe para o céu. E fica lá com Deus. O céu é onde Deus está.

— Eu também tenho uma *alma*?

— Sim. Todos os seres vivos.

— Legal. O que é uma alma?

— Quer mesmo saber, né? A alma é, como posso dizer: a parte de você que é imortal. O que você sente, o que você pensa, as coisas que já viveu. A quintessência do seu ser.

Achei tudo aquilo insanamente complicado. Metáfora, quintessência e todo o resto. Mas mesmo assim seria bom ter uma alma. Em todo caso. Pois a gente não sabe como as coisas vão terminar, e vai que a gente precisa mesmo de uma alma assim. De mais a mais, agora eu era realmente agnóstico. E acho que todo mundo tem uma alma, ou não é possível ser agnóstico. Só não sei ao certo.

— Você também é agnóstico? — perguntei.

— Ateu — disse Gold. — Seja como for, eu sempre penso nisso.

Eu preferi nem perguntar o que é um *ateu*, senão minha cabeça ia explodir. Gold também não me explicou. Então vocês vão ter que descobrir sozinhos.

Virei de barriga para cima com as patas para o ar, minha posição preferida, para tirar um cochilo. Mas não consegui cochilar. Meu bucho dava voltas, totalmente maluco. Pela janela eu olhava o céu, que estava muito azul, mais azul do que uma miosótis, e grande, muito grande. Ele não tinha mesmo fim, já que a gente estava andando já fazia um tempão, mais do que eu jamais tinha percorrido na vida, e o céu continuava sempre lá. Eu fiquei bem assustado com o fato de não ter como fugir do céu. Ainda mais porque eu ainda estava pensando no monte de gente que poderia estar lá em cima no céu, voando de um lado para outro, e em Deus e num monte de almas e nos ateus e no pessoal que trabalha em ótica e na mulher de Gold. Talvez até na velha dona Berkowitz. Isso realmente me abalou, de tão assustador que era. E ainda por cima havia também pássaros e aviões. Que confusão! Mas de certa forma era bonito também.

Assustador e bonito. E então eu comecei a pensar que eu também, em algum momento, poderia ir morar no céu, ou então minha alma, se é que agnósticos têm mesmo alma. Mas quer saber? Eu não queria ir morar no céu. A viagem até o pet shop já estava sendo bem cansativa. Até o céu, então, eu não aguentaria. Isso era certeza.

6

BICHO DE COLEIRA

Paramos na frente de uma casa sem graça, parecia uma caixa amarela bem grande no meio da paisagem.

— Então isso é o pet shop?

— É o que parece — disse Gold.

Havia ali um monte de outras caixas parecidas, e os humanos entravam e saíam apressados dessas caixas, carregavam sacolas e as colocavam dentro do carro. Quando iam embora, logo chegavam outros carros com outras pessoas, que de novo saíam das caixas com sacolas. Sem parar. *Que nem as formigas*, pensei.

Descemos do carro e eu me estiquei um pouco, mas com os ouvidos atentos, já que ali tudo era assustadoramente barulhento e desconhecido.

— Pronto? — perguntou Gold.

— Já nasci pronto — eu disse.

— OK. Quando estivermos lá dentro: bico fechado. Entendeu?

— Por quê?

— Você já pode começar agora a ficar quieto.

— Mas acho que eu ainda tenho coisas a dizer.

— Sabe onde estamos? Olhe bem!

Gold fez um sinal esquisito com a pata direita, com dois dedos esticados.

— Como é que eu vou saber o que é isso?

— É a raposa silenciosa.* Quando você vir a raposa silenciosa: fique quieto e não me irrite!

— Não existe raposa silenciosa. Eu saberia. Existe a raposa-vermelha. Existe a raposa-do-ártico. E a raposa das uvas. E a...

— Frankie! A raposa silenciosa!

Então Gold entrou no pet shop. Eu fiquei um pouquinho atrás dele, para o caso de sermos atacados. Além disso, tinha uma porta lá, e portas são um problema porque ficam no meio do caminho dos gatos e não dão passagem, mesmo quando você pede com jeitinho. Mas aí a porta abriu sozinha. Quase morri de susto. Porque não havia absolutamente ninguém abrindo ou fechando a porta, a não ser que tivesse alguém bem escondido ou invisível. Mas acho que não. Seja como for, naquele momento fiquei muito maravilhado. Era uma porta mágica!

E eis que eu estava dentro do pet shop. Não veio ninguém me servir. Ninguém usando roupa branca. Ninguém falava a língua dos bichos. Que raposa desgraçada! Em vez disso, uma mulher muito gorda veio em nossa direção, agitando os braços que nem doida, e exclamou:

— Olá! Isso não pode! Olá!

Eu me escondi atrás das pernas de Gold.

— O que que é isso? — ela disse, ofegando na nossa frente e apontando para mim. A mulher gorda estava toda de amarelo, feito uma borboleta-limão gigante, e parecia ser uma das pessoas que trabalhava no pet shop.

— O que que é isso o quê? — perguntou Gold.

— É seu esse gato? É gato ou gata?

* O sinal da raposa silenciosa é um símbolo feito com a mão, com o qual o dedo indicador e o mínimo ficam estendidos para cima, enquanto o dedo médio e o anular são pressionados contra o polegar, imitando a cabeça de uma raposa. Em alguns países, o sinal da raposa silenciosa é feito para pedir silêncio, em salas de aula, por exemplo. Deve servir como estímulo para as pessoas do grupo imitarem a raposa — ouvir com atenção em vez de falar. (N. T.)

— É gato — disse Gold. — Isso é importante para ele.

— O senhor não pode entrar com o animal aqui.

— Ah, não posso?

— Não me leve a mal!

— Mas aqui não é um pet shop?

— Sim, é claro que é um pet shop. Por isso mesmo o senhor não pode entrar com animais aqui desse jeito. A gata tem que sair!

— É gato — disse Gold.

Nesse momento entra uma mulher pela porta mágica, e ela traz um cachorro na coleira, um setter marrom. Caso vocês jamais tenham cruzado com um setter: os setters são vaidosos que é uma loucura. Sério, não estou exagerando. Acham que têm um pelo superlindo e um focinho superfofinho e que o restante também é superfofinho e superlindo. Eles são tão nariz empinado que não sentem nem o cheiro do próprio pum. É assim.

Setter:

— Ei, gato. Tudo joia?

E eu:

— Olá, setter. Você está bonito.

Setter:

— Eu sei. Hoje mais do que normalmente, né?

E eu:

— Estou tendo um problema aqui com a borboleta-limão.

Setter:

— Sinto muito por isso, cara. Boa sorte! Estarei lá no fundo, na Pelo & Patacure.

E passaram por nós seguindo caminho a mulher e o setter, como se fosse a coisa mais normal do mundo.

— Por que o cachorro pode entrar? — perguntou Gold.

— Cães podem entrar, na coleira. São as regras. Todo o resto fica do lado de fora da porta — disse a borboleta-limão.

— Mas isso é... racismo — disse Gold.

— O quê? O que que o senhor está dizendo? — perguntou a borboleta-limão.

— Cães, sim, gatos, não? Vocês estão privilegiando um animal em detrimento do outro. Estão discriminando animais.

— Não estou discriminando ninguém!

— Sabe o que mais? Vou tomar nota de tudo isso. Eu sou jornalista. Ah, vai dar uma bela manchete: "Como o racismo impera nos pet shops". E é da senhora que eu mais vou falar: "aquela porquinha amarela nazista do pet shop".

— Escute aqui! O senhor está ficando louco!

— Pelo menos não sou um porco nazista!

Eu fiquei ali do lado, só pensando: *Racista? Porca nazista?* E de repente me dei conta de que eu já era capaz de reunir as palavras complicadas dos seres humanos, que o tempo todo zanzavam em torno dos meus ouvidos, e explicar um pouco delas para os outros bichos. Os humanos têm um livro grosso que se chama *A vida dos animais*, de Brehm. A velha dona Berkowitz consultava esse livro o tempo todo. Dentro dele há muita coisa sobre os bichos. Mas será que não pode haver também um livro grosso para animais que fala um monte de coisas sobre os humanos?

Ora, vejam!

Trecho d'*A vida dos humanos* segundo Frankie:

Racista:
Mulher gorda e amarela, semelhante a uma borboleta-limão. Trabalha no pet shop. Diz: "cachorros, sim, gatos, não".

Porca nazista:
Não é uma porca de verdade. Mas sim: mulher gorda e amarela, semelhante a uma borboleta-limão. Trabalha no pet shop. Diz: "cachorros, sim, gatos, não".

Mas, meus amigos, infelizmente o caso é o seguinte: acho que sou muito preguiçoso para um livro tão grande. É preciso ser honesto.

Gold e a borboleta-limão continuaram discutindo, e eu não sei por que Gold ficou tão mordido. Ele ficava repetindo que a borboleta-limão era racista e porca nazista, ela já estava com lágrimas nos olhos, tanto que de repente me deu pena. Era como brincar com um rato apavorado, meio morto, só por diversão, mas... Sabem o quê? Eu sempre faço exatamente isso. Esse não é um bom exemplo. Esqueçam o rato.

— Mas então o senhor bote a gata na coleira — disse por fim a borboleta-limão.

— É gato — disse Gold. — Por mim, tanto faz. Pode me emprestar uma coleira?

A borboleta-limão virou as costas, provavelmente para pegar uma coleira, e eu disse para Gold:

— Não quero saber de coleira no meu pescoço!

— Ora, vamos, Frankie...

— Nunca!

— Só dessa vez. Ninguém vai ficar sabendo.

— Eu vou ficar sabendo!

— Você não viu o setter? Também está de coleira.

— Mas, também, ele é um cachorro!

— Sim, claro.

— O meu "não" é que tem que estar claro para você! Existem cinco espécies de bicho: bichos de estábulo, bichos de rebanho, bichos de carga, bichos de coleira e bichos livres. Tem também algumas subespécies e espécies misturadas. Bichos livres — como eu — são muito respeitados. Ficam bem acima dos outros. Bichos de carga, bichos de rebanho e bichos de estábulo, bem... Ficam ali no meio-termo. Agora, bem abaixo de todos estão os bichos de coleira, pois se deixam voluntariamente escravizar pelos humanos. *Bicho de coleira* — é um belo de um xingamento! Uma vez um sabiá me chamou de bicho de coleira. Abocanhei a cabeça dele na hora.

— Tá, tá bem. Entendi o problema. Sem coleira. Então você vai esperar lá fora.

— Não, eu quero ficar aqui dentro! Sou um bicho e tenho o direito de fazer compras no pet shop!

— Você tem dinheiro?

— Hã? Claro que não.

— Pois é. Sem coleira. Sem dinheiro. Tá mal na fita.

Nisso a borboleta-limão estava de volta. Trazia na mão uma coleira e olhava para mim com um sorriso. Gold também me olhou. E lá fui eu, prestes a realizar meu sonho de passear no pet shop, mas pensei: *Que merda, Frankie.*

É bom vocês não saírem contando isso por aí, viu? Constrangedor é pouco para definir o que eu passei. Enquanto andava de mansinho pelo pet shop como um bicho de coleira, eu pensava: *Tomara que ninguém me veja*. Não assim. Gold estava achando engraçado e dizia "de pé, Frankie!" e "sentado, Frankie!". O humor dele é mesmo muito simples.

Seja como for: o pet shop estava cheio de coisas que eu nunca tinha visto. Amigos, tinha colchões, camas, tigelas, pentes, escovas de dentes, creme para as patas, suéter, até sapatos! Entre outras coisas. Não conheço nenhum bicho que usa suéter, nem mesmo uma lesma, e bem que ela poderia precisar. E mesmo assim o fato de os humanos fazerem suéteres especiais para os bichos mexeu muito comigo. Parece que alguns humanos não fazem nada da vida além de pensar nos animais. Imaginem. Eles sentados lá, dia após dia, numa fábrica de produtos para bichos, levando seu lanche de pão com linguiça, matutando sobre tigelas de ração ou sobre apitos de cachorro e dizendo:

Humano 1: "Ei, pessoal, o colega aqui quer mostrar uma coisa".

Humano 2: "Eu tive uma ideia e resolvi fazer um sapato para sapos. Afinal, eles estão sempre descalços nas poças por aí. E o sapato é impermeável".

Humano 1: "Bela contribuição, colega!".

Humano 3: "Não me leve a mal. Mas o pé do sapo já não é impermeável?".

Humano 2: "Tem certeza?".

Humano 3: “Bastante certeza”.

Humano 2: “Beleza, erro meu. Mas tenho aqui ainda outra coisa: um banheiro para castores. De madeira. Do tipo ‘faça você mesmo’”.

E todos diriam, em conjunto: “Uau, superprático, colega! Os castores vão ficar muito agradecidos!”. E então todos aplaudiriam até as mãos ficarem bem vermelhas.

Bem como eu tinha sonhado, fiquei muito feliz ali. Mas depois de um tempo zanzando pelo pet shop, percebi que havia algo errado. É que ali havia também gaiolas, e numa delas tinha um periquito verde. Num balanço de madeira. Mantinha o olhar fixo para a frente, até que de repente bicou algo em sua plumagem, arrancou dali uma pena e começou a sacudir a cabeça bruscamente de um lado para outro. E então de novo a mesma coisa:

Olhava fixo.

Bicava.

Cabeça bruscamente de um lado para outro.

Olhava fixo.

Bicava.

E eu:

— Ei, periquito, tudo certo aí?

Mas ele não respondeu nada.

A verdade é que eu não ligo muito para pássaros. Alguns cantam bem. Uma vez, quando eu estava sofrendo de amor e passava as noites na minha banheira velha olhando as estrelas lá em cima, um rouxinol começou a cantar. Por pouco eu não comecei a miar ao léu, sem parar, pois o canto dele era lindo e eu estava com o coração partido. Mas a maioria dos pássaros caga na sua cabeça. Conheci uma vez um cuco que no outono ia embora voando e voltava na primavera.

Cuco:

— Ei, Frankie, adivinhe só de onde estou voltando!

Eu:

— Não tô nem aí. Só não cague na minha cabeça!

Cuco:

— Da África! Você já foi à África?

Eu:

— Nunca.

Cuco:

— Você é mesmo bem caipira, hein?

Eu:

— Caipira?

Cuco:

— É, gente do interior! Não sai por aí, não conhece o mundo.

Eu:

— Aqui é meu território.

Cuco:

— Já eu sou incrivelmente poliglota, você sabe. Nem conseguiria ser de outra forma. É meu estilo de vida. Empolgante, né?

Eu:

— Poliglota e babaca.

Cuco:

— Ah, Frankie. Queria que um dia você pudesse ver tudo o que eu vejo. A África. O oceano. Pinguins...

Eu:

— Pinguins? Sério?

Cuco:

— Bobinho. É claro! Mas agora me ocorreu uma coisa: não tem como você ir à África: não tem asas! Ah, que dó, pobre criatura.

E eu:

— Cai fora!

E então finalmente ele caiu fora. Pelo menos era o que eu pensava. Até que de repente uma coisa úmida caiu na minha cabeça.

Assim são os pássaros. Só para vocês saberem.

Mas com o periquito na gaiola era diferente. Era o fim da picada. Sozinho naquele balanço: o que vocês, humanos, acham que um periquito faria o dia todo se vivesse em liberdade? Ficaria na floresta se balançando num balanço para periquito? E se acham o periquito assim tão fantástico, por que o deixam preso? É assim que demonstram o seu amor?

— Abra a gaiola — eu disse para Gold.

— Isso vai dar problema, Frankie.

— Abra!

Gold olhou ao redor, procurando a borboleta-limão. Então, num movimento rápido, abriu a porta da gaiola.

— Bora, pica a mula, periquito! — gritei. — Voa!

Mas o periquito continuou lá sentado. Como se estivesse pregado. Continuava olhando fixo para a frente e se bicando feito um tonto, aí arrancava uma pena. Foi a coisa mais triste que eu já vi na minha vida. Um periquito que já não era um periquito.

Continuamos a andar, passando sempre por novos equipamentos — tinha umas caixas transparentes com peixes dentro, tinha ratos falsos que fazem barulho quando a gente aperta a barriga deles —, até que paramos na seção de comida para gatos.

— O que você quer comer? — perguntou Gold, enquanto vasculhava uma prateleira imensa.

Ninguém nunca me perguntou isso antes. O que eu gostaria de comer. Quem mora numa banheira velha numa montanha de lixo fica feliz só de ter qualquer coisa pra mastigar. E eu já tinha mastigado cada coisa, meus amigos... Teve uma vez que um ouriço foi atropelado, estava estirado no asfalto debaixo do sol. Metade dele estava totalmente achatada. A outra metade ainda era um ouriço, com rosto e tal. Bem, na verdade não tanto. E então eu me sentei faminto na beira da estrada, comecei a mascar o nariz ressecado do ouriço, o único pedaço que não tinha espinhos, e pensei: *Poderia ser pior. Saboroso. Mas não muito pior.*

— Tem truta, peru, cervo, boi dos Pré-Alpes...

— Boi? — perguntei.

— É. Veja só.

Gold me ergueu e me colocou sobre seu ombro. Era verdade, tinha boi. E camarão, canguru, atum, até rena — que eu nem sei como é. Tudo dentro de embalagens brilhantes com fotos de gatos entediados comendo elegantemente num prato, como se fosse um humano com pelo.

Deliciosa rena com frango e saborosas cenourinhas, leu Gold.

É claro que eu já tinha comido comida de gato. E muita. Só que eu não sabia o que tinha dentro. Era apenas uma gororoba que a velha dona Berkowitz servia para mim. Eu gostava da gororoba. Mas ali eu estava achando muito engraçado. Por que boi? Não conheço nenhum gato que come vaca. Na vida real. Não tem como! Ou um cervo. Ou que tenha navegado por aí num barco e pescado camarões. Ou atuns enormes. Mas em comida de gato de repente tem tudo isso. Será que vocês, humanos, gostariam que os gatos fossem mais parecidos com humanos? Gold botou uma comida de gato na sacola (eu só não queria rena, porque Gold disse que as renas moram na Suécia com os suecos, e na Suécia com os suecos faz muito frio, e eu prefiro comer bichos quentes), e então fomos de novo caminhando em direção à porta mágica. Passamos por coisas que eles chamavam de *árvore para arranhar*, mas de árvore não tinham nada. Passamos por casinhas que não eram casas, mas sim *banheiros para gatos*. Por curiosidade entrei em um deles, me sentei, farejei. Era escuro e apertado que nem toca de coelho. Ah, quer saber? Banheiro para gato é besteira. Porque o mundo inteiro pode ser um banheiro. Mas eu sei que os humanos têm banheiros. Onde mora um ser humano, mora também o seu banheiro. Um pertence ao outro. São inseparáveis. E nisso me ocorreu de repente o seguinte: bastava eu ter um banheiro que morasse na casa do Gold para que eu também morasse lá. Seria tiro e queda. Não só por cinco dias. E sim para sempre. Banheiro próprio — para os humanos isso é como marcar território. Entendem?

— Eu quero um banheiro — disse, enquanto me sentava.

— Por quê? — perguntou Gold.

— Higiene — respondi.

— E quem vai limpar o banheiro?

Olhei para Gold.

— Posso fazer isso mal e porcamente. — E estiquei minhas patas.

Gold não reclamou mais. Caso raro. Ele só acenou com a cabeça em silêncio, como se não estivesse nem aí. Então ele pegou o banheiro, pegou ainda um saco de areia de banheiro e logo encontramos de novo a borboleta-limão. Ela tirou a coleira de mim, saímos pela porta mágica e eu fiquei contente por saber que pet shops não são para bichos. São para humanos com bichos. E isso faz toda a diferença.

Foi então que ouvi um zumbido, que ia ficando mais próximo. Quando me virei, vi o periquito verde voando em direção à porta mágica. Então ele não era assim tão tonto! Girava fazendo um trajeto tortuoso pelo pet shop, como se nunca tivesse voado antes ou como se estivesse depenado demais.

Eu disse:

— Por aqui, periquito!

Ele:

— Estou indo!

Eu:

— Liberdade!

Ele:

— Estou in...

Nisso a porta mágica fechou e o periquito bateu com tudo. Meteu a fuça. Foi triturado. Se for verdade o que Gold disse, que todos os animais têm alma, a alma do periquito voou para o céu. Mas eu não a vi.

A borboleta-limão veio até a porta mágica e ficou desorientada ao ver o periquito inerte no chão.

Daí ela olhou para nós.

E de novo para o periquito.

Não estava entendendo nada. Por fim catou o periquito com dois dedos pela asa molenga, carregou-o com o braço estendido para a frente e o jogou na lata de lixo em frente ao pet shop.

Gold ainda passou rapidinho numa loja de humanos para comprar alguma coisa, e eis que estávamos de novo no carro. Eu estava pensando no periquito e no fim horrível que ele levou e fiquei deprimido demais.

— Se pelo menos ela tivesse comido o periquito — eu disse. — Mas ela o jogou fora como se fosse sujeira.

— Humanos não comem periquitos — disse Gold.

— Não?

— Não.

— Mesmo assim. Coitado do periquito.

— Talvez ele quisesse morrer mesmo. A vida dele não era das melhores — disse Gold.

— Bobagem.

— Voou direto contra a porta.

— Foi um acidente. Ninguém *quer* morrer.

— Muitas pessoas querem morrer. E até tentam. Nós as chamamos de suicidas.

— Suicidas, que bobagem!

E era bobagem mesmo. Conheço um montão de bichos que já morreram. E nenhum deles *quis* morrer. O que aconteceu foi que estavam velhos, ou doentes, ou as duas coisas, ou foram comidos, ou atropelados, ou morreram de frio ou de fome. Não tinha o que fazer. Mas se, por exemplo, você vir um texugo passando fome e frio e perguntar: "E aí, texugo! Quer morrer? Vai um suicídio aí?", nem por isso ele vai dizer: "Sim, com prazer!". Isso não faz nenhum sentido nem de trás para a frente, nem de frente para trás.

Mas o que me deixou confuso foi que Gold parecia mesmo acreditar naquela baboseira de suicídio. Ele estava falando sério. E eu tenho um bom instinto. E, por instinto, eu diria que essa história de suicídio e o jeito como Gold falava disso me pareciam sinistros. E foi então que eu comecei a realmente pensar sobre aquilo.

Só que não por muito tempo. Porque de repente o carro começou a balançar e a zunir, e eu, miando, pus a cabeça entre as patas, inspirei e expirei conscientemente. E quando a gente tem que respirar com tanta consciência assim, não pensa mais na morte. Porque senão fica todo transtornado. É isso.

7
LINDA

Poderia ter sido tudo uma maravilha. E no início eu achei mesmo que seria assim. Afinal de contas, eu tinha comida, eu tinha uma casa, eu tinha uma TV. Eu tinha até uma cama.

É claro que Gold ficava falando: "Na minha cama, não, Frankie! Minha cama é tabu, Frankie! Sai daqui, Frankie!".

Nem sei o que é *tabu*. E, para o meu gosto, os humanos falam demais sobre o que a gente *não* deve fazer. *Não* poder fazer alguma coisa não é divertido. Ainda mais quando você quer fazer. E a cama é grande. Seria o maior desperdício ficar deitado sozinho ali, falei isso para ele. E fiz mais: ronronei, fiz a cara fofinha, me espreguicei e usei todo o repertório de bajulações. À noite, eu me sentava na frente da porta fechada do quarto e miava. Sem parar. Foi cansativo, mas valeu a pena. Agora durmo todo dia na *minha* cama, e Gold dorme ali também. Quando encontra espaço na beirada.

É isso que eu quis dizer com: "poderia ter sido tudo uma maravilha". Eu poderia estar morando na casa abandonada como um rei ou um presidente. Gold era quem criava problemas.

No primeiro dia depois do pet shop, recebi comida pontualmente. De manhã, à tarde, à noite. Depois, meu prato passou a ficar vazio com mais frequência, e toda hora eu tinha que bater boca. Quando eu dizia ao Gold: "Tô com fome!", ele respondia: "Esqueci". Ou então: "Mais tarde, Frankie". Ou: "Não posso agora".

Mas é fácil dar comida, não é? Qualquer imbecil consegue.

O próprio Gold comia pouco, e um dia de manhã ele caiu da cadeira, segurando a garrafa de água que não era de água. Depois ficou feito um morto estirado no chão, e bem quando eu pensei que ele tinha morrido mesmo, ele arregalou os olhos e disse: "Não fique me olhando assim!".

Quando Gold comia, logo ia para a cama. Assim que terminava, deixava de lado as panelas vazias e meio vazias. Às vezes eu ia lamber o que sobrava. Depois de um tempo as panelas começavam a cheirar mal, e a verdade é que Gold também cheirava mal. Eu sou um gato e meu nariz é sensível. Gold tinha cheiro de azedo e de solidão, que nem um ouriço a pender da minha boca, tanto que desejei que ele pulasse no lago um dia. Ou que se lambesse até ficar limpinho. Mas ele não se lambia, não pulava no lago e não cortava o pelo áspero que nascia no rosto.

Tem também outras coisas que conheço dos humanos e que Gold não fazia. Por exemplo: conversar com outros humanos. Pelo telefone ou algo assim. Nada... Além disso, nunca ninguém vinha visitá-lo.

Será que Gold não tinha amigos? Gold não saía para trabalhar nunca. Gold não lia nenhum livro. Gold não ouvia música. Gold não lavava o carro com uma mangueira comprida. Gold não cavoucava o jardim. Gold não ria. Gold não se sentava ao sol quando o tempo estava bonito. Pelo contrário, fechava todas as cortinas e se arrastava pela casa com um casaco profundamente triste que ele chamava de *roupão de banho*. Era como se eu morasse com um morto, só que Gold não estava morto. Mas também não estava vivo. Era um meio-termo: um zumbi. E vamos combinar que não é nada bom morar com alguém assim.

A única coisa que Gold fazia com regularidade e onde ele parecia encontrar alguma alegria era: assistir à noite pela TV uns humanos gordos arremessando dardos em um disco.

Mas eis que de repente ele fez algo diferente: saiu de casa.

— Aonde você vai? — perguntei, totalmente surpreso.

— Visitar uma pessoa — respondeu.

Claro que eu quis saber quem era essa pessoa.

À esquerda do Caminho Longo tem o monte de lixo. Gold entrou à direita, e eu fui andando atrás dele que nem um cachorro.

A essa altura, talvez eu deva informar o que Gold estava vestindo: usava um chapéu velho, uma calça muito, muito curta — que provavelmente era uma cueca —, por cima de tudo o roupão de banho e, nos pés, um par de botas que ele chamava de *galochas*. E na mão levava a garrafa de água que não era de água. Mas as duas pessoas que passaram por nós no Caminho Longo disseram apenas, com gentileza: "Bom dia, sr. Gold!", como se todas tivessem vindo ali para correr que nem o panaca do vilarejo.

Quando Gold dobrou à direita, deu para ter uma ideia do lugar aonde ele estava indo, e logo chegamos a um campo cercado onde só havia pedras magníficas. Grandes e pequenas. E médias também.

Gold se sentou na frente de uma pedra pequena, que ficava mais para o canto, sob duas bétulas. Sentei-me do lado dele.

— Aqui está ela — disse Gold depois de um tempo. — Morta e enterrada. Hoje é o aniversário de Linda.

— Ah — eu disse. — Sua mulher está aqui debaixo da pedra? Na terra?

Gold assentiu com a cabeça.

— Deve ser frio. E escuro. Sua mulher era muito velha?

— Não, não era velha — disse Gold.

— Por que então ela está morta?

— Um acidente de carro. Linda saiu de manhã, foi fazer compras. À tarde estava no necrotério. Foi isso.

— Sinto muito.

— Todos dizem isso o tempo todo para mim: "sinto muito".

— O que mais poderiam dizer?

— Que tal: como ela era? Você sente falta dela? O que vai fazer agora? Aliás, Linda, este aqui é o Frankie.

Gold de repente falou com a pedra.

— Olá, Linda — eu disse, levantando a pata.

— Frankie é um gato. E ele fala. Ou então estou doido. Ou bêbado. Ou os dois, o que é bem possível.

Gold continuou falando com a pedra. Às vezes tocava nela de leve, como se a pedra não fosse pedra.

— Frankie também dorme com a gente na cama, Linda. É claro que eu tinha proibido. Sei que você não gosta de gatos. Mas eu não tenho culpa. Você simplesmente... se foi. Agora está sentada aí em cima nessa merda de céu e ri. Porque estou dormindo na cama com um gato. Mas Frankie é quentinho. Ele ronrona. E peida, infelizmente. Nossa, você não acredita no quanto ele peida! Aposto que você está rindo agora, Linda. Tenho saudades disso. Saudades de tudo. Sabe o que eu faço às vezes? Eu ando atrás de mulheres. Eu as encontro por acaso na rua, no trem, no supermercado, em qualquer lugar. E elas exalam o seu perfume. Isso me deixa louco. Não consigo acreditar que você morreu. Eu sei, só que não acredito. Ainda sinto seu cheiro por aqui. Você está tirando sarro de mim, né? Que merda, Linda!

Gold começou a chorar. Fazendo barulho, como não se vê em bicho nenhum. E para mim era preferível que ele não chorasse. Eu cutuquei o nariz dele. Lambi sua mão. Não ajudou em nada.

— Eu não trouxe nenhum presente de aniversário, Linda. Estou com raiva de você. Por que você não... esperou trinta segundos aquele dia? Por que não entrou naquele maldito carro trinta segundos depois? Que merda, Linda! Meu amor. Só trinta segundos!

Um homem veio até Gold e disse:

— Por favor, será que o senhor não poderia fazer menos barulho? Aqui é um cemitério.

Gold levantou os olhos, apontou o dedo na direção do homem e disse:

— Cale essa boca!

E então ficamos os dois sentados ainda uma eternidade, calados diante da pedra. Em dado momento, Gold deu um pulo, foi até outra pedra, olhou em volta, apanhou as flores que estavam lá e as colocou na pedra de Linda.

— Cuidado, Gold — eu disse em determinado momento. — Você conhece essa? A enguia chega para o chacal e diz: "Oi, chacal...".

— Que quer dizer isso, Frankie?

— Nada, é só uma piada. Pra animar você.

— Péssimo momento, Frankie. Péssimo momento.

Constatei que, de fato, os humanos levam a morte muito a sério. Levam quase para o lado pessoal. Mas a morte é apenas o fim da vida. Assim como ela tem um começo também. Que nem uma linguiça. Sem começo e sem fim, a linguiça não seria uma linguiça. E a vida não seria a vida. Entenderam?

Quando nós, bichos, morremos, simplesmente adormecemos em algum lugar. Ficamos na sujeira, larvas percorrem a nossa cabeça. Às vezes passa uma raposa e faz um elogio fúnebre.

Já os humanos constroem um local específico para os mortos dormirem. Muito impressionante. Os humanos também escrevem várias palavras nas pedras. Vão visitar, contam histórias para os mortos e coisas assim. Para os mortos, lógico, tanto faz. Para eles isso não quer dizer nada. Só para os vivos, né?

E agora eu tenho que contar outra coisa: até então eu nunca havia falado com uma pedra. Ou com um defunto como Linda. Mas na casa do gordo do Heinz, bem em cima da porta, tem uma cabeça de cervo. Eu nunca vi esse cervo antes, quando ele ainda estava inteiro e rugia pela floresta ou o que quer que faça um cervo. Mas agora eu sempre troco uma ideia com ele quando a gente se tromba, para ele não se sentir tão sozinho lá pendurado naquela casa.

Eu falo:

— E aí, cervo, beleza?

E ele, nada.

Eu:

— Você parece bem. Tá chegando a época do acasalamento. Tá preparado?

E ele, nada.

São conversas unilaterais, mas acho que ele fica contente mesmo assim. Embora não consiga demonstrar. Mas, sinceramente, eu não gostaria de, no futuro, ficar pendurado numa casa. Eu ficaria muito entediado. Mas também não poderia ficar aqui deitado no local de dormir, com uma pedra pesada na cabeça, debaixo da terra e trancado numa caixa que nem os humanos fazem com seus mortos. É isso.

— Afinal, que palavras são essas na pedra de Linda? — perguntei a Gold, enquanto a gente voltava à casa abandonada. Porque uma coisa me chamou a atenção lá no local para dormir: em todas as pedras havia um monte de coisa escrita. Só a pedra de Linda que estava quase sem nada.

Não tinha quase nenhuma palavra.

— Está escrito "Até logo" — disse Gold.

— Só isso?

— Foi o que Linda me disse. Antes de entrar no carro para nunca mais voltar.

Até logo.

8

O SENTIDO DA VIDA

Quando acordei na manhã seguinte, eu estava sozinho na cama. Olhei em volta, fiquei na escuta. No jardim, uma máquina rugia. E de repente silenciou. Ouvi Gold xingar, e a máquina voltou a rugir. E assim foi o tempo inteiro: rugido, silêncio, xingo.

Fiquei deitado um pouco. Porque quando a gente está na cama, não quer mais nada. Como se houvesse uma baita força segurando a gente ali. Não dá para resistir, porque é mesmo uma baita força.

Uma hora lá, eu desci a escada até a cozinha para descobrir o que era aquela sequência de rugido, silêncio, xingo. Minha nova casinha de banheiro não estava limpa, percebi na hora pelo cheiro. Eu não queria usá-la tanto assim, mas queria ver Gold limpando o banheiro. Porque era uma sensação e tanto. Ele ficava agachado na frente da casinha fedorenta e tirava os cocozinhos da areia com uma peneira. Como se a minha merda fosse uma grande preciosidade.

Por fim eu fui para o jardim e me espreguicei. Gold estava sentado sob o sol e, suando, dava batidas na máquina, que já não rugia mais. Era uma máquina de comer grama, e ela já tinha comido grama, como dava ver por toda parte. Mas agora estava cansada ou saciada. De qualquer forma, não estava dando mais nem um pio, e Gold xingava.

— Vamos, sua merda de cortador! — gritava. — Funciona, merda de cortador! Maldito seja, merda de cortador!

E assim por diante.

Achei um pouco monótono aquele xingamento. Falar três vezes *merda de cortador*? Que sem graça. Entre os bichos a coisa é bem diferente. Existe toda uma cultura do xingamento. Os ursos, por exemplo, sabem xingar muito bem. Assim como as ovelhas. Quando elas começam, melhor tapar os ouvidos. Mas as pega-rabilongas são as melhores do mundo na arte de xingar.

As pega-rabilongas estão *sempre* de mau humor xingando tudo e todos. É um verdadeiro esporte para elas. Às vezes eu estou andando de bobeira pelo vilarejo, meio no mundo da lua, e do nada aparecem duas pega-rabilongas numa árvore: pronto, agora eu tô lascado. Com certeza. Aí uma delas grita lá de cima: "Ei, gato! Some daqui, sua aberração!". E a outra: "Lembranças à senhora sua mãe, vou arrancar os olhos da cara dela!". E então ficam dando uma risada tenebrosa.

No começo eu ainda xingava de volta. Mas isso é um erro, porque a pega-rabilonga só vai ficar mais animada. Com as pega-rabilongas, a história é sempre com a mãe de alguém e o que elas vão fazer quando encontrá-la. "Ei, gato, como você é feio, vou esvaziar minha cloaca na garganta da sua mãe!" Quando ouvi isso, tive certeza: aquele era o pior xingamento que alguém poderia conceber. Aquilo acabou comigo. Por isso, quando vocês encontrarem uma pega-rabilonga e ela gritar alguma coisa para vocês: sorte sua não entender nada.

Mas não era bem isso que eu queria contar para vocês. Ou assim vão sempre ter uma imagem ruim de nós, bichos, e pensar que ficamos o dia inteiro xingando com o focinho encardido. O que eu ia contar mesmo?

Ah, lembrei! Eu estava deitado relaxando sob o sol. Bocejava e me espreguiçava. O vento soprava do lago, o vento acalmava de novo. O vento tinha um cheiro doce, cheirava a água e a juncos e a peixe e a terra e a estar em casa. As nuvens pairavam lá em cima no céu. Eu ouvia os gafanhotos pulando. Ouvia grilos grilando. Era de fato o melhor dia de verão que se possa imaginar. Ao menos para mim.

— Tá divertido aí? — perguntei a Gold, que continuava a bater na máquina de comer grama.

— Divertido? Não exatamente.

— Então por que tá fazendo isso?

— Preciso cortar a grama. E sem o cortador de grama não dá pra fazer isso.

— E por que tem que cortar a grama?

— Ué, dá uma olhada! Tá chegando na cintura.

— Eu acho bom assim. Dá pra se esconder nela.

— Eu não acho bom assim.

— Você ficou um tempão sem vir aqui e nem ligava pra grama. Mas de repente começa a dar bola e precisa cortá-la de qualquer jeito, mesmo não sendo divertido. Não entendo.

— Não me irrite, Frankie!

— Só tô dizendo.

— E às vezes a gente faz coisas que não são divertidas. É a vida.

— Não a minha vida.

— Você só faz o que é divertido?

— Não. Às vezes também faço o que é gostoso.

— E tem diferença?

— Óbvio. É gostoso ficar aqui no sol. Mas é divertido?

— Uau. Bem filosófico, Frankie.

— Também acho. É um de meus pontos fortes. O que é *filosófico*?

Gold tinha parado de bater na máquina e agora olhava para mim.

— A filosofia é um saber que procura fundamentar o mundo e a existência humana. Busca o sentido da vida, por exemplo.

— Existe um *sentido da vida*?

— Bem... As pessoas refletem sobre isso há muito tempo. Para saber se existe e o que é. Todo mundo busca um sentido para sua própria vida.

— Eu não.

— Você é um gato. Vive por instinto. Nós, seres humanos, somos... mais evoluídos.

— Você tem um sentido pra sua vida?

— Queridão, esse é justamente o meu problema. Eu o perdi.

— Onde?

— Quê?

— Onde você perdeu o sentido da sua vida?

— Não faço ideia de onde! É modo de falar. Não se trata de *onde*. Mas sim de *quando*. E sobretudo do *porquê*. E por fim do *como*. Como a gente reencontra o sentido da nossa vida?

— Agora eu fiquei confuso.

— Sinto muito.

— Acho que isso não seria pra mim.

— O quê, Frankie?

— Bem, isso de sentido da vida. Primeiro tem que encontrar. Depois tem que tomar cuidado pra não perder. E, se perder, como você perdeu, fica o tempo todo se perguntando onde ele está. Um sentido da vida assim só dá dor de cabeça. Na minha opinião. E no fim a gente fica sem tempo pra outras coisas.

— Que outras coisas?

— Ah, brincar, escutar, farejar por aí. Eu gosto de caminhar pelo Caminho Longo quando o asfalto já está quentinho. Ou de prestar atenção numa abelha sugando o néctar da flor. E além disso tenho que ficar deitado no sol e olhar para o céu. Como agora.

— Isso é não fazer nada.

— Não é não fazer nada.

— Mas parece.

— Não fazer também é fazer. Só que bem pouquinho. E além disso, fico pensando.

— Ah, tá, sobre o quê?

— Estou pensando agora sobre essas coisas.

— Tá falando merda!

— Eu acho que os humanos precisam de aparelhos demais: cortador de grama, banheiro, sentido da vida, patati, patatá. E no final vocês sentam na grama, xingam e ficam batendo numa máquina.

— Não me irrite, Frankie!

— Só tô dizendo.

Ficamos um tempo calados. Até que Gold disse:

— Bem, tenho que fazer alguma coisa. Cortar a grama, que seja. O mais importante é a distração. Senão eu enlouqueço. Senão eu não seguro as pontas.

— Entendo.

— Que bom.

— Você poderia limpar meu banheiro. Caso *tenha* que fazer alguma coisa. Para se sentir melhor.

— Também não exagera, Frankie.

— Só quero ajudar. Também poderia me fazer um carinho. Se preferir. Na barriga ou aqui debaixo do queixo.

Eu rolei e virei a barriga e meu queixo de leite branco como a neve para ele. Fiquei assim todo desprotegido. Se agora viesse lá de cima uma águia faminta, babau. Adeus, Frankie. Mas é que carinho é gostoso demais. E quando alguma coisa é boa assim, a gente tem que fazer. Quanto antes, melhor.

— Será que o verdadeiro sentido da vida é a diversão? — perguntei a Gold, que começou mesmo a me fazer carinho. Todo cauteloso, mas não estava ruim. Com algum treino, ele poderia se tornar um afagador de alto nível.

— Se for assim, você é um hedonista. Para o hedonista, o sentido da vida é a busca pelo prazer. Pela satisfação.

— Essa é bem a minha praia! Mas, ué, eu não era agnóstico?

— Uma coisa não exclui a outra. Você pode ser os dois.

— Sério? Incrível!

Aí ficou muito claro para mim: quando alguém por aí vier me perguntar quem eu sou, posso dizer: "Frankie, meu nome! Gato macho, agnóstico e hedonista".

Os afagos de Gold me deixaram com sono, e em silêncio eu agradeci ao guia supremo, ou a quem quer que fosse inteligente a ponto de criar isso. Nós, gatos, temos pelos. Os humanos têm as mãos. As duas coisas se combinam perfeitamente no ato de fazer carinho. Ideia genial, guia supremo!

Depois de algum tempo, Gold se deitou na grama, bem do meu lado, e ficou olhando para o céu. Parecíamos dois gatos. Um pequeno e cansado. E outro grande e triste.

— No hospital psiquiátrico, todos os dias a gente fazia exercícios de relaxamento — disse Gold. — Meditação também, todas essas coisas. A gente ficava deitado, como aqui agora. Daí começava aquela música de relaxamento. Eu odiava.

— *Hospital psiquiátrico*? O que é um hospital psiquiátrico?

— É um local para pessoas com... com problemas sérios.

— Ah. Entendi.

E eu de fato havia entendido. Que os seres humanos têm problemas sérios, isso é claro como a luz do dia. Por exemplo: eles têm quatro patas, mas andam só em duas. Isso é um problema sério.

— E nesse hospital psiquiátrico vocês *treinavam* relaxamento?

— Sim. É não fazer nada. Não pensar em nada. A gente treinava isso.

Aí eu vi que Gold estava mentindo. Ou fazendo graça. Pois os seres humanos fabricam televisões, constroem casas enormes e realizam outros prodígios, usam óculos e calças e voam em aviões pra lá e pra cá, sabem o que são hedonistas e outros troços difíceis, coisas que ninguém mais sabe. Aí eles são tontos de não fazerem nada?

Nada a ver.

Mas não falei nada. Porque eu não queria que parecesse que eu sou o tonto que não entende piada.

Além do mais, eu estava escutando alguma coisa. O que aconteceu em seguida é mais importante do que tudo que aconteceu até agora, ainda que, claro, esse tudo também fosse importante. Alguém vinha andando pelo Caminho Longo, bem perto da cerca, onde a grama ainda estava alta. Era um fru-fru que quase não dava para ouvir, mas meus ouvidos escutam até quando uma toupeira penteia o cabelo ou solta um punzinho debaixo da terra.

Fui de mansinho em direção à cerca.

Escutei.

Espiei.

Escutei.

E quando fui espiar de novo, vi a gata mais bonita que vocês podem imaginar, e foi aí que começou a desgraça toda. Quer dizer, na verdade a desgraça já tinha começado antes.

No lago, perto daquele gordo do Heinz, lá onde o Caminho Longo faz uma curva, tem uma casa cor de vinho. É lá que a gata mora. Não tanto agora, mas, quando chega a primavera, ela de repente se senta na janela, toda de preto. Digo, o pelo dela é preto. As patas são brancas, e nas costas ela tem uma manchinha que também é branca, como se fosse uma gota de leite.

Em todo caso, foi ali que eu a vi pela primeira vez. Aí eu a via sempre. À noite, muitas vezes eu me achegava de mansinho, ficava agachado perto do tronco da velha tília ou escondido atrás de uma hortênsia. Quando ela vinha se sentar na janela, eu sentia uma quentura no coração. Quando a janela ficava vazia, para mim era a mais pura desgraça. Poderia falar muito mais coisas: como era legal o rabo fazendo curvas, como eram fofas as orelhas se mexendo devagar etc. e tal. A triste verdade é, e agora eu chego ao ponto, não a conheço nem um pouco. Não sei absolutamente nada sobre ela. Nem um tiquinho. Não sei nem como ela se chama.

Por isso eu imaginei um nome para ela. Com isso ficamos um pouco próximos, e eu sempre posso dizer seu nome quando converso com ela na minha cabeça.

Ela se chama Minha Número 1.

Daí, Minha Número 1 para sempre e eternamente.

Daí, Minha Única. E também Meu Tudo.

Daí, Rainha Preta da Janela pela Graça do Guia Supremo.

Então: Gatinha Cauda-Que-Balança.*

Mas isso tudo foi totalmente ridículo, um constrangimento só. Tipo... Gatinha Cauda-Que-Balança? Fiquei pensando uma eternidade num nome que fosse muito maravilhoso e, ainda por cima, absolutamente único. E no fim acabei com um nome desses. Em sonho eu e ela já conversamos muitas vezes.

Ela: "Ei, Frankie! Já ouvi muito falar de você".

Eu: "Espero que só tenha ouvido falar bem".

Ela: "Ah, sim, Frankie, só ouvi coisas muito boas. Você é o herói daqui".

Eu (o modesto desvairado): "Ah, herói. Eu sou como sou. Você gostaria de passear no lago?".

Ela: "Até que enfim você está me perguntando".

Eu: "...".

Ela: "Hum, Frankie?".

Eu: "...".

Deu um branco total. Colapso cerebral. Eu estava tão empolgado que nem em sonho consegui falar alguma coisa! E com isso deve ficar bem claro para todos que eu não consegui falar nem uma palavra para ela quando a vi feito uma sombra andando no Caminho Longo.

Pulei em cima do velho mourão de pedra e durante um bom tempo fiquei a seguindo com os olhos. Junto com Gold, que parou do meu lado e perguntou:

* No original, *Kitty Zuckschwanz*, sendo *Kitty* "gatinho", *Schwanz* "bichaninho", "cauda" ou "rabo", e *zuck* remete ao verbo *zucken*, "contorcer-se", "tremer", "estremecer". (N. T.)

— Quem é? Sua namorada, Frankie?

Inspirei bem fundo, meu coração batia que nem louco. Por fim, disse a Gold o que ainda não tinha dito a ninguém:

— É a... *Pomponelka Ronronenko.**

Acreditem ou não, mas é claro que eu nunca tinha pensado que ela poderia mesmo ser minha namorada. Quer dizer: não só em sonhos, mas na vida real. Afinal, Pomponelka Ronronenko simplesmente não é deste mundo. Nem de qualquer outro mundo. E eu sou apenas o gato do monte de lixo.

* No original, *Puschnelka Schnurrilenko*, em que "*schnurren*", verbo que está na raiz do sobrenome, significa "ronronar". (N. T.)

9
O PIOR SENTIMENTO DO MUNDO

De algum lugar vieram nuvens escuras. Das nuvens caía chuva, gotas grandes batiam na minha cabeça. Corremos para dentro de casa, aí perguntei a Gold se a gente podia ver um filme. Um que tivesse bichos e aventuras e, por favor, que não tivesse nada a ver com sentimentos. Todos dizem o tempo inteiro: "Ah, o amor, o amor! O sentimento mais belo do mundo!". Mas para mim é o pior sentimento do mundo. Ainda mais quando a gente fica sozinho com o amor, se sentindo o maior covarde sob o sol, a lua e as estrelas.

Não estava passando nada com bichos na TV. Só muita coisa com humanos cozinhando ou sentados tentando responder a perguntas: qual é a capital da Mauritânia? Quem foi o primeiro homem a ir para o espaço? Qual é o quarto monte mais alto do mundo?

— É um quiz show — disse Gold.

— Ah, quiz show — eu disse.

É claro que eu sabia o que era um quiz show. A velha dona Berkowitz assistia a quiz shows o tempo todo. Eu só não entendo por que os humanos se interessam por essas coisas. Digo, o quarto monte mais alto do mundo, e daí? Com certeza há também o *quinto monte mais alto* do mundo e o *sexto mais alto*, mas que diferença isso faz?

Porque para o monte tanto faz a altura dele. E para todos os outros montes também tanto faz. Só os humanos mesmo que ficam contando tudo que nem uns malucos. Montes, rios, blá-blá-blá. Qual a altura, qual o comprimento, qual a grossura!

Mas tem uma coisa que obviamente ninguém pergunta no quiz show: se é por isso que os humanos têm a cabeça tão grande, para caber o quarto monte mais alto do mundo e outras coisas inúteis. É quase como ter um monte de bosta em cima do pescoço.

— Cara, você precisa voltar a ter TV a cabo de qualquer jeito — eu disse a Gold.

Ficamos assistindo ao quiz show ainda um tempo — qual é o segundo planeta do nosso sistema solar? O que é um oxímoro? —, aí Gold levantou e logo ouvi um barulho lá em cima. Por fim ele apareceu de volta com um aparelho empoeirado e disse:

— Meu antigo videocassete. E aqui — segurou no alto uma coisa preta —, uma fita de vídeo de bichos. Foi tudo o que eu consegui encontrar.

Gold limpou a poeira do aparelho e ficou ali de pé, todo esquisito, olhando um tempão para a coisa preta.

— Linda... ah... então... ela gostava muito deste filme. Merda... Você conhece *A Dama e o Vagabundo*?

Eu não conhecia. Mas para Gold era um "clássico absoluto", e por isso vou me poupar aqui de longas explicações. Só digo uma coisa: são dois cachorros apaixonados. E essa era a última coisa de que precisava naquele momento. Mas claro que só fui perceber isso depois de um tempo, e fiquei lá suspirando no sofá, a cabeça entre as patas. Fiquei o tempo todo pensando em Pomponelka Ronronenko e em como poderíamos ficar juntinhos, um lambendo o outro e trocando tapinhas no nariz. No filme, claro, era bem assim. Só que lá é tudo simples, todo mundo tem coragem, e o malandro do Vagabundo conquista a Dama. E ainda que eu ache o nome muito, mas muito idiota, agora eu queria ser como o Vagabundo. E mais ainda, queria viver em um filme como esse. Digo, viver *de verdade*. Como

Frankie, o herói. E no fim soariam violinos e todo dia teria um final feliz e eu não ia querer mais nada.

Mas acho que não dá para viver em um filme. Se desse, alguém já teria tentado há muito tempo.

— Você pode simplesmente ir falar com ela — disse Gold.

— Ah, claro. Pomponelka Ronronenko. É só falar com ela.

— Falando sério, você tem que fazer alguma coisa. Se não fizer nada, só vai ficar pior.

— Não.

— Por mim, a gente passa lá e você fala com ela.

— Não!

Se eu aparecesse na frente de Pomponelka Ronronenko com Gold naquele roupão de banho deprimente, eu não teria nem chance.

— O que foi, Frankie? — ele perguntou. — Não achava que gato ficasse assim tão cheio de dedos em relação ao amor.

— *Cheio de dedos*?

— Sim, sem saber o que ou como fazer. Imaginando mil coisas. Não é assim entre os gatos? Ou no reino animal?

— Não, quando se tem estilo.

— E você tem estilo?

— Ô, se tenho. Mas entre muitos bichos a coisa é diferente do que você pensa. Sabe os castores? Passam a vida inteira juntos. A mesma coisa os cisnes. São fiéis que é uma loucura. Mesmo quando são *blasé*. Ou então os pinguins-de-fiordland. Ficam naquela ginga sempre juntinhos ou param diante de um buraco no gelo, o bico congelado, mas eles sabem: pimba! Isso é o amor. Ou o caso da cegonha. A cegonha passa muito tempo na África. Porque ela tem coisas pra fazer lá. Negócios e coisas do gênero. Mas sempre quando chega a primavera, ela volta para o ninho e suas cegonhinhas. Tem também os andorinhões-pretos. Chegam a fazer amor no ar. E no mergulho! É um número de contorcionismo. Eles são assim. Bem doidões.

— Como você sabe de tudo isso? — perguntou Gold.

— Televisão. National Geographic.

— Certo. Então dê uma passada nessa Pomponelka, leve umas flores. Isso é ter estilo, e...

— Por que flores?

— As mulheres adoram flores.

— Sim, mulheres humanas, talvez. O que uma gata vai fazer com flores? Comer? Colocar num vaso de gato?

— Bom ponto. Viajei. Sem flores, então. Mas não tem algo característico do ritual clássico de acasalamento entre vocês?

— A gente quebra o pescoço de um rato e o deixa na frente da porta da gata. De presente. Isso é clássico. Ou a gente quebra o pescoço de um passarinho e o deixa na frente da porta da gata. Ou a gente quebra o pescoço de uma ratazana...

— Entendi. Quebrar pescoço. Bem romântico mesmo.

— Melhor que flores.

— Então vá lá e quebre o pescoço de um rato.

— Não vai funcionar.

— Está com pena do rato? Muito decente da sua parte, Frankie.

— É que *todo mundo* faz isso! Tudo quanto é gato passa por ela. E sabe como fica a frente da porta de Pomponelka Ronronenko? Cheia de ratos. E do lado um monte de passarinhos! Aí eu vou chegar lá e colocar mais um rato em cima ou algo assim?

— Entendi. Você precisa é de um belo de um petardo.

— É o que eu tô falando! Mas que que é petardo? Além do mais, estou me cagando de medo. Como nunca na vida.

Então ficamos sentados ali ainda um tempo, sem dizer nada, e nenhum dos dois conseguiu pensar em algum petardo. Gold voltou a aumentar o som da TV. O Vagabundo disse: "Olá, bonequinha!". E a Dama piscava os olhos, quase desmaiando de amor. Aquele merda do Vagabundo. Nasceu com o rabo virado para a lua.

— Tenho que aparecer na TV — eu disse.

— Quê?

Gold tornou a baixar o volume da TV.

— É sério. Quando a gente é famoso, tipo um astro do cinema, é tudo mais fácil. Então basta dizer, sei lá, três vezes *cocô de coelho* e todo mundo se apaixona por você.

— Não sei, não, Frankie.

— É só olhar pra esse Vagabundo.

— Isso é um desenho animado. Não existe um Vagabundo na vida real.

— Claro que não existe um de verdade. Agora veja o Gato de Botas...

— Também é um desenho animado. E um conto de fadas.

— Então o Gato de Botas não existe?

— Não.

— Tem certeza?

— Absoluta.

— E o Flipper? E a Lassie? E o porquinho Babe? Nenhum deles existe?

— É diferente. São animais de verdade. Ou foram animais de verdade. Não faço a menor ideia se ainda estão vivos.

— Tá vendo? Agora imagine o Flipper andando de um lado para outro na baía. Ou seja, lá onde ele mora. Todo mundo conhece ele da TV. Daí as golfinhas vão nadar que nem loucas atrás dele e vão querer tocar na barbatana dele e vão fazer um barulho danado por amor. Pode apostar que é assim.

— Mas não é assim tão fácil ficar famoso. Ou virar astro de cinema. Isso leva anos. É difícil.

— O amor também é difícil.

— Provavelmente você teria que ir para Hollywood.

— Onde fica Hollywood?

— Fica nos Estados Unidos.

— Não me diga. Fica perto do pet shop?

— Um pouco mais longe. Tem que ir de avião ou navio.

— Certeza? Talvez você esteja pensando numa outra Hollywood, porque a minha fica aqui virando a esquina. No pet shop.

— Frankie, você me irrita! Existe só uma Hollywood. Nos Estados Unidos.

— Tá bom. Como quiser. Mas Hollywood até agora está sendo o melhor plano. Imagine só, eu saindo aqui pelo vilarejo. Bem despreocupado. E todo mundo, incluindo Pomponelka Ronronenko, vai ficar assim: "Vejam, lá vem o Frankie! Nosso astro de cinema! Chegando de Hollywood!".

Gold me deu uma olhada, mas de um jeito ruim.

— Nosso astro de cinema, é? Meu Deus do céu. Escuta: você é só um gato de vilarejo bem comum. Assim como eu sou apenas um bêbado depressivo. Um pouco de realismo, Frankie. Você não tem coragem nem para abordar uma gata de vilarejo, mas fica pensando: "Ótimo, vou logo me tornar astro de cinema em Hollywood. E vai dar certo". Você é abobalhado ou só se faz de abobalhado?

Gold não disse mais nada e aumentou o volume da TV, e eu também não disse mais nada e fiquei olhando para a TV, ofendido. Cara, Gold nunca tinha falado comigo daquele jeito! Além disso, eu não gostei nem um pouco daquele papo de *realismo*. Acho que a vida e o amor já são difíceis o bastante. Aí a gente tem um bom plano e um pouco de esperança, e do nada chega um ser humano com seu realismo, só para estragar tudo de novo. Acho que o mundo seria mais bonito sem todo esse realismo.

É isso.

— E agora? — perguntei depois de um tempão.

— Não posso ajudar você, Frankie — disse Gold.

— Mas você já teve uma mulher. Como foi que você fez? Deve conhecer algum truque.

— Não existe nenhum truque no amor — disse Gold.

Aquilo foi decepcionante. Gold muitas vezes não servia para nada. Pelo menos um baita truque para o amor todo ser humano deveria ter, não?

Infelizmente eu não sou lá muito bom em conhecer os outros. Não só no amor. Mas com gente em geral. É por isso que às vezes eu gostaria de ser um zangão. Os zangões são totalmente desinibidos. Vão falando facilmente com qualquer um, mesmo sendo difícil de entender, com todos aqueles zumbidos.

Mas isso não importa para o zangão. Ele fica só enchendo o ouvido da gente de zumbidos e acha muito interessantes e engraçadas as coisas que ele zumbe. Não é maior que um nariz de hamster, mas tem a autoconfiança de um elefante. Assim são os zangões.

— Escrevi uma carta para Linda — disse Gold de repente.

— Hã? Não saquei.

— Então escute. Comigo foi do mesmo modo que com você agora. No começo eu não sabia como puxar assunto. Linda me parecia... inatingível. Então escrevi uma carta pra ela. Com dois poeminhas.

— E ela gostou desses poemas?

— Não. Não gostou.

— Sabia.

— Linda disse que nunca havia lido um negócio tão empolado.

— Cara, que constrangedor.

— Ah, sim. O amor é constrangedor. A gente pensa coisas constrangedoras, diz coisas constrangedoras, faz coisas constrangedoras.

— Bem, mas e depois?

— Alguns dias depois, ela escreveu dizendo que gostaria de conhecer o homem que teve coragem de enviar para ela o negócio tão empolado. Só por pura curiosidade.

— Ela escreveu isso? Você enviou o negócio estranho e empolado, e ela disse: "OK, vamos nos encontrar"?

— Sim. Foi a minha sorte.

— Simplesmente não entendo.

— No início, no amor, é preciso ousar. Alguma coisa. De algum jeito. Você tem que chamar a atenção, Frankie.

— O que você quer dizer com chamar a atenção? Escrever poemas empolados ou o quê?

— Se você fosse um ser humano, eu diria: sim, tente um poema.

— Muito engraçado — eu disse, levantando a pata.

Mas no fundo não tinha nada de engraçado. É que eu conheço, de verdade, um poema. Fui eu mesmo que fiz. Sem patas e sem papel. Só na minha cabeça. E antes que alguém venha gritar: "Realismo, Frankie!", eu prefiro mostrar para vocês por que isso é muito realista.

Quando eu ainda morava com a velha dona Berkowitz, o rádio estava sempre ligado. Mesmo à noite, bem baixinho, enquanto ela dormia e eu olhava fixamente a escuridão. Tocavam muitas músicas. Mas também falavam muito das pessoas. Um negócio incrivelmente chato. Só que às vezes também não era tão chato. Era quando liam livros. E até mesmo os tais poemas. Eu não entendia muita coisa deles. Por causa das palavras estranhas. *Depressa, depressa. Sopro mágico. Querida, eu escolhi você. Ecos de vozes divinas*. E por aí vai. Mas as palavras estranhas dos poemas também eram bonitas. Como música. Música com palavras. Existe isso?

Seja lá como for: eu ouvia poemas. E quando me apaixonei por Pomponelka Ronronenko, eu me sentava sozinho à noite sob a banheira no monte de lixo, com o coração partido, e pensava em compor um poema para ela. *Depressa, depressa*. E só a lua assistia a tudo. *Sopro mágico*.

Foi assim, eu juro.

* * *

— Gold, ouça uma coisa — disse e me sentei.

— O quê?

— De verdade, eu fiz um poema. Sobre o amor.

— Você?

— Sim. Eu. O gato do vilarejo. E ainda não contei a ninguém.

— Que merda, Frankie. O que mais vem por aí? Escreveu um livro? Uma peça de teatro?

— Não. Um poema, será que você sabe o que é isso?

— Sei, sim, senhor. Mas você... tanto faz. Desembucha.

— E nada de rir. Se você rir...

— Não vou rir. Prometo.

— E sem caretas nem nada.

— Entendido. Fisionomia neutra.

— É meu primeiro poema. Enfim, lá vai...

Respirei fundo, fechei os olhos.

Para P.R.

Eu te amo.

E toda vez

Que a saudade vem

Uma enguia gorda seja talvez

Meu prato principal.

Mas eu gosto mesmo é de Emmental.

Eu te amo.

Que devo fazer?

Canja de galinha não quero comer.

Um ouriço gruda no asfalto

E pensou

Eu deveria ser mais alto.

Eu te amo.

Você também? Me diga!

Pelos crescem na minha barriga.

Consideravelmente.

Você é muito bonita

E eu me acho feio, infelizmente.*

Gold coçou o pescoço. Então olhou para mim, balançando a cabeça. Às vezes parecia que ele queria dizer alguma coisa, mas então de novo só coçava o pescoço, que nem um daqueles macacos grandes. Isso me deixava muito nervoso.

— Uau — ele disse, por fim. — Você sabe rimar as palavras.

— Liberdade poética — respondi.

— E aí, tá esperando o quê? — perguntou Gold.

— Como assim?

— Cuidado, Frankie. Não sei muita coisa sobre o amor. Mas se você estiver apaixonado e não fizer nada, vai se arrepender. Então, mexa essa sua bunda peluda e vá atrás dela.

— Não! Você acha mesmo isso?

* No original:
Für P. S.
Ich liebe Dich./ Und jedes Mal / Die Sehnsucht kommt / Ein fetter Aal / Schmeckt besser als 'n schmaler / Ich fress am liebsten Emmentaler.
Ich liebe Dich. / Was soll ich tun? / Im Kühlschrank friert das Suppenhuhn. / Ein Igel klebt auf dem Asphalt / Und hat gedacht / Ich werd mal alt.
Ich liebe Dich. / Liebst Du mich auch? / Mir wachsen Haare auf dem Bauch. / Und ganz beträchtlich. / Du bist zu schön/ Ich fühl mich hässlich.
Tradução de Anna Acássia Agostini Birck.

— Sim, mas que raios! E se ela não gostar do poema, é porque não tem coração mesmo.

— Mas o poema ficou bom, né? Sou um poeta?

— Claro, Frankie, claro.

E eu acredito que Gold estava falando sério. Pelo menos, espero que sim. Porque eu não sei como alguém sai com um poema e, zás, conquista um coração. Nem consigo imaginar. Mas, como não consegui pensar em nenhum petardo, não tive escolha e saí correndo.

10

VAI UMA NOZ AÍ?

Eu precisei de uma eternidade. Andei em zigue-zague, fiquei farejando em volta sem sentido nem direção, algumas vezes quase perdi a coragem e quis voltar. Quando, enfim, cheguei à casa cor de vinho, não vi ninguém na janela e fiquei aliviado. Mas por pouco tempo. Aí meu coração se encheu de ansiedade, e de repente entrei em total desespero. Isso é normal? É isso o amor? Sentir algo diferente o tempo todo?

Fiquei agachado atrás do tronco da velha tília e fui ficando cada vez mais triste. Fui me afundando tanto em pensamentos sombrios que nem percebi alguém passando pela copa da árvore, acima de mim, e descendo num piscar de olhos pelo tronco da tília. Estremeci inteiro quando esse alguém gritou:

— Frankie! Ei! Sou eu!

Bem acima de onde eu estava pendia um rosto pequeno, castanho e com grandes orelhas que olhava para mim. De cabeça para baixo.

— Mas que droga, esquilo musculoso! Quase me mata de susto!

Ele pulou da árvore e exclamou, agitadíssimo:

— Frankie, meu velho!

E eu:

— Esquilo musculoso, meu velho!

E ele:

— Cara, que bom ver você!

E eu:

— Sim, cara! Maravilha!

Ele colou a testa na minha, cruzamos nossas caudas. Então de novo um toque de testa. Toque de nariz. E de novo desde o começo.

Pois bem, daí se passou um bom tempo. Eu estava realmente feliz em ver o esquilo musculoso. Não tenho muitos amigos, fiquem sabendo. Na verdade, só dois. Um deles é o esquilo musculoso.

Eu sei: vocês, humanos, gostam de ter muitos amigos. Vi filmes que mostravam festas grandes, com uma pessoa convidando uma porção de outras pessoas, que, supõe-se, seriam todas suas amigas. Não acreditei. Acho que elas iam só para comer. Amigos de verdade são extremamente raros, e às vezes também não achamos nenhum e ficamos sozinhos no mundo. Tenho muito medo disto: ficar sozinho no mundo. Sozinho a gente fica o dia inteiro falando consigo mesmo, lambendo o próprio pelo e a própria bunda, e fora isso não há mais nada. Só lambida na bunda e solidão. Por isso tenho sorte em poder contar com meus dois amigos, ainda que às vezes eu me pegue pensando: *Três seria melhor. Caso um morra.*

Durante um tempo fui amigo também de uma ovelha. Átila, rei dos hunos. Mais ou menos: eu quis ficar amigo dela. No início. Mas com bicho de rebanho é realmente bem difícil.

Eu estava pelo campo e dizia:

— Olá, Átila, meu velho rei dos hunos. Como vai? Tudo joia?

Átila olhava e dizia:

— Tenho que perguntar para o rebanho.

Ou então:

— Olá, Átila, vamos até o lago?

Átila:

— Tenho que perguntar para o rebanho.

Ou então:

— Olá, Átila, se você quiser cagar, também tem que...?

Átila:

— Tenho que perguntar para o rebanho.

E é por isso que a amizade não deu em nada. Mesmo que em certos dias eu tenha vontade de ter um rebanho desses, que cuide de mim e pense em mim. Porque ficar o tempo inteiro pensando em si e decidindo por si às vezes enche o saco.

— Frankie, velho amigo. O que faz por aqui? — perguntou o esquilo musculoso, se sentando ao meu lado na sombra da velha tília.

— Eu? Nada. Pensando.

— Vai uma noz aí? Ajuda a pensar.

— Obrigado. Não precisa.

— Acho que você poderia aceitar uma noz. Está pensando em quê?

— Nas coisas aí.

— Nas gatas?

— Não! Como assim nas gatas?

Eu não queria falar de Pomponelka Ronronenko. Era o meu segredo. Porque não existe nada mais idiota que um gato doente de amor.

— Você parece tão deprimido.

— Pareço absolutamente normal.

— Se quer saber, está parecendo que uma pega-rabilonga cagou na sua cabeça.

— Não perguntei nada!

— Velho, você tá num mau humor... Vai uma noz aí? Onde esteve esse tempo todo? Ficamos preocupados com você, eu e o professor.

Com isso eu realmente não contava: que já tinha passado um tempão desde a última vez que eu tinha visto meus amigos. Que eles não sabiam bulhufas da minha nova vida, que começou no dia em que vi Gold brincando com o fio.

— Desculpe — eu disse.

— Mas logo eu vou contar tudo. Você vai ficar de boca aberta! Depois você conta para o professor?

— Conto, sim, Frankie — disse o esquilo musculoso. E subiu correndo pela velha tília, numa velocidade insana, e depois foi passando pelo topo das árvores. Olhei rapidinho para a casa cor de vinho, a janela continuava aberta, e nisso o esquilo musculoso apareceu de novo, descendo o tronco em disparada, e disse:

— Venha.

Ele nem ofegava.

É exatamente por isso que ele é o esquilo musculoso. Não tem nenhum outro nome, caso estejam se perguntando. Mesmo que sempre houvesse rumores no vilarejo de que o esquilo musculoso na verdade se chamava Tico ou Teco ou outro nome besta desses. Mas eram mesmo só rumores. O esquilo musculoso é simplesmente muito bem treinado pelo eterno corre-corre pra cima e pra baixo nas árvores. E tem orgulho de seus músculos. "Eu gostaria de ser só o meu corpo, Frankie."

Pois é, por isso ele se chama como se chama.

Nisso vimos o professor chegando. Reconhecemos já de longe, pelo modo como vinha mancando pelo Caminho Longo. Ele é um velho pré-histórico e tem pernas muito curtas, como se fossem pequenas salsichas, já que ele é um dachshund, um salsichinha, e o guia supremo (ou quem quer que seja) decidiu dar a todos os salsichinhas pernas curtas como salsichas. O porquê eu não sei. Acho que talvez nem o próprio guia supremo (ou quem quer que seja) saiba. Porque existem tantas pernas diferentes entre os bichos — nas girafas, nos pica-paus, nos zangões, camelos, tartarugas, doninhas, morcegos e por aí afora —, que eu não consigo imaginar como o guia supremo (ou quem quer que seja) foi capaz de distinguir e decidir com justiça qual perna deveria ficar em qual bicho. Isso na época em que os bichos foram montados.

Mas as pernas do professor não são só extremamente curtas. São também poucas. Falta uma perna. A perna esquerda da frente. E por isso ele é um salsichinha pré-histórico e perneta. Agora quem sabe vocês consigam imaginar como ele vinha andando pelo Caminho Longo — certamente não vinha em velocidade de foguete.

Uma coisa eu não quero omitir: salsichinhas são cachorros, portanto são bichos de coleira. E vocês sabem o que penso dos bichos de coleira. Sou um gato com princípios de aço! Mas também temos de ser flexíveis. Ou então esses princípios não ficam divertidos, e a vida se torna um inferno de complicada por causa dos princípios.

De mais a mais, eu nunca vi o professor de coleira. Ele mora com o sr. Adam, que também é pré-histórico e anda todo torto, e quando os dois aparecem caminhado juntos pelo vilarejo é como se fosse uma corrida de lesmas. Por isso que, de qualquer modo, uma coleira seria bobagem.

— Boa noite, senhores — disse o professor, quando finalmente chegou até nós. Acenou com a cabeça grisalha, de um modo bastante distinto, já que esse é o seu estilo.

— Frankie, meu jovem. — De novo um aceno de cabeça. — Esquilo musculoso. — Outro aceno de cabeça.

Então, com um gemido, se deitou sob a velha tília, fechou os olhos e, depois de um tempo, quando eu já pensava que o professor estivesse dormindo, disse numa voz rouca, pouco mais do que um sussurro:

— E então, Frankie, meu jovem. Como tem passado? Vamos lá. Fale. Minhas velhas orelhas estão ouvindo.

Foi assim que eu contei tudo: contei do Gold, da casa abandonada em que agora eu morava, da mulher com a maleta, do pet shop, da borboleta-limão, do periquito enlouquecido, de Hollywood e de como de repente me tornei agnóstico e hedonista.

Aqui e ali eu enfeitava um pouco. No final, minha história ficou bem clara, e eu esperei que meus amigos me dessem parabéns pela minha nova vida. Ou que dissessem algo como: "Uau, Frankie! Você chegou longe! Simplesmente chegou longe! Estamos muito orgulhosos de você".

Mas ninguém disse uma palavra que fosse. O esquilo musculoso me olhava. O professor gemia baixinho.

E eu:

— Amigos, o que se passa?

— Você está morando com um humano? — perguntou o esquilo musculoso. E disse a palavra *humano* como se fosse uma doença terrível. — Eu jamais esperaria isso de você, Frankie. Você sempre foi um bicho livre!

— Mas eu ainda sou um bicho livre.

— Não se você mora com um humano.

— Bobagem — eu disse. — Ser livre é uma questão de atitude.

— Não, Frankie. Quem mora com humanos se torna dependente. Você perde toda a sua auto... auto... Ah, você sabe. Aquela coisa... Sua auto...!

— Ele quer dizer: sua autonomia — completou o professor.

— Exatamente! — disse o esquilo musculoso.

— Tá ficando maluco? — gritei.

— Sobre isso digo apenas duas palavras, Frankie: isso é uma vergonha!

— Aí foram quatro.

— Ah, é? Então aqui vão cinco: traidor.

— Aí foi uma só. Pare de dizer antes quantas palavras vão ser!

O esquilo musculoso coçou a cabeça.

— Mas, Frankie, você quer mesmo virar um gordo?

— Quê?

— Todo dia você ganha comida. Servida num pratinho. Estou certo? Logo, logo seus instintos vão atrofiar, meu amigo. Você vai virar um molenga. Inclusive da cabeça. Olhe pra mim, Frankie: este corpo musculoso, este pensamento ágil. Tudo isso vai pelo ralo quando se mora com um ser humano!

— Não se preocupe. Não vou ficar gordo.

— Você já ganhou um pouco de peso, eu diria.

— Eu não!

— E o que é isso aqui, hein? — perguntou o esquilo musculoso, apertando um naco da minha barriga.

— Não fique pegando em mim!

— Rolinhos de banha! Ainda estão pequenos e doces.

— Lambe, então, pra ver!

— Não sou de lamber gato gordo!

— Não quero mesmo...

— E onde está a sua coleira, Frankie?

— Não tenho!

— Aposto que tem. Com um sininho? Lá vem o nosso Frankie! Agora ele mora com um ser humano, obedece a comandos e parece um cordeirinho bonzinho. Blim-blim!

— Para, senão você vai ver só, esquilo musculoso!

— Parem com essa briga! Idiotas!

Era o professor. Seus olhos mal se abriam, ele continuava deitado, só dava para ouvir um sussurro abafado. Mas ele sussurrava muito bravo, como um presidente ou um daqueles chefes de gangue da TV. Não sei como ele faz isso. É o segredo dele. Em todo caso, paramos imediatamente.

— Desculpe! Acabou!

Nós demos as patas, um toque de nariz, um toque de cabeça.

— Cara, sinto muito, Frankie. É que, de verdade, eu me preocupo. Você com um ser humano! Vai uma noz aí?

— Obrigado. Quem sabe mais tarde.

— Tenho boas nozes! Avelãs, noz de nogueira, caroço de milho, bolota de carvalho, semente de pinheiro... Vai uma noz aí?

Uma vez, bem no início de nossa amizade, eu cheguei a responder: "sim". E por quê? Estava querendo ser gentil. Já que noz para mim é algo que logicamente tanto faz. No inverno, a gente ficava um tempão andando por aí à procura de uma noz. O esquilo musculoso gritava: "Aqui tem uma!". Mas nunca tinha nada. No outono, ele enterrava nozes por toda parte, tresloucado. "Você tem que se abastecer, Frankie. Sempre se abastecer!" Mas logo ele esquecia onde havia enterrado as nozes. Porque tinha escondido muitas. Porque não é organizado. Era para ter toda uma logística aí. E no final das contas ficávamos nós dois lá, agachados com frio na neve, e o esquilo musculoso, uma pilha de nervos. "Aqui tem, Frankie! Ou será que não? Eu já nem sei mais. Tem aqui?"

Vocês precisam saber que o esquilo musculoso é precavido e se preocupa o tempo todo com o *amanhã*. Isso é dele. Não se pode fazer nada. E muitos humanos são exatamente assim também. A velha dona Berkowitz sempre levava um monte de batatas para a despensa e dizia, satisfeita: "O que é nosso ninguém tasca". Mas vocês sabem o que aconteceu: a velha dona Berkowitz caiu e desapareceu num carro branco. Não faço a menor ideia do que aconteceu com as batatas dela. Seja como for, não acho essa mania de abastecimento lá muito inteligente. De repente amanhã de manhã vem um lobo e me pega — aí acabou-se o que era doce. E eu vou pensar: *Em vez de ficar enterrando nozes e batatas ou sei lá que besteira, eu deveria ter me divertido um pouco mais na vida...* É bem isso que eu pensaria, se eu fosse um morto abastecido.

Com um gemido, o professor virou para o lado e contou sobre o tanto que o clima o incomodava, porque antigamente os verões eram mais frescos, com mais chuva, e porque antigamente, em todo caso, muita coisa era melhor. Então, abriu por um instante as pálpebras e olhou para mim. Vi seus olhos escuros e chorosos de salsichinha. O professor é como um pai para mim. Ou como um avô.

— Frankie, escute, meu jovem. Está me ouvindo?

— Claro, professor.

— É preciso que você saiba: os seres humanos são imprevisíveis e caprichosos. Meu primeiro humano me espancou com uma pá, e eu quase morri. Perdi minha perna. Meu segundo humano, o sr. Adam, me acolheu: um salsichinha inútil, com apenas três pernas, que nem caça mais texugos. Ele me levou para casa, subiu as escadas comigo, até cantou para mim no dia do meu aniversário. Cantava terrivelmente mal, sorte que sou meio surdo. Mas ele foi o melhor humano, e eu morderia qualquer um que se aproximasse dele. Se eu ainda tivesse todos os dentes. É importante escolher o humano certo, Frankie. Será que Gold é o humano certo pra você? — O professor se arrastou para mais perto e estendeu o cotoco bem diante do meu nariz.— Veja, Frankie. Olhe bem o meu cotoco.

Dei uma olhada rápida. Por mais que eu ame o professor, às vezes me dá arrepios o fato de ele ter só três pernas. Uma vez eu sonhei com isso, sonhei que a quarta perna dele corria pela floresta, e o professor a procurava, e eu tentava explicar para a perna onde o professor morava, mas a perna não me entendia. Porque ela não tem ouvidos. E nisso ela ficou furiosa, veio pra cima de mim, e eu saí correndo pela floresta, perseguido pela perna do professor.

— Olhe bem aqui! — disse o professor e balançou o cotoco.

— Estou olhando bem, sim!

— O que você vê?

— Um cotoco?

— A *verdade*, Frankie. Este cotoco me faz lembrar que preciso estar sempre alerta. O ser humano é o pior bicho que há. Olhe bem para o meu coto!

Pouco a pouco a coisa toda do cotoco foi ficando assustadora para mim, e depois de eu ter garantido ao professor mais ou menos cinco vezes que eu sempre estaria alerta, ele finalmente afastou o coto e disse:

— Eu conheço o seu humano.

— Gold?

— Sim. Richard Gold, o escritor. Pobre coitado.

— A mulher dele morreu.

— Eu sei, Frankie.

— Então não diga merda!

Isso eu deixei escapar sem querer. Mas o professor me tranquilizou, levantando a pata.

— Saiu no jornal, Frankie. Acidente de carro. Foi lá no fim do vilarejo, onde o Caminho Longo dá na avenida. Foi lá que aconteceu. Você sabe que eu leio jornal, né? Livros também.

O esquilo musculoso revirava os olhos, irritado.

E eu disse:

— Sim, professor. Eu sei.

Como já havia dito muitas vezes antes.

O professor é muito inteligente, o bicho mais inteligente que eu conheço, talvez também por ler jornais ou esses livros, mas o fato de ele sempre querer enfatizar que é muito inteligente e que sabe até ler, isso eu já não acho tão inteligente.

— As duas morreram no acidente. A mulher e a criança — disse o professor, soltando um uivo.

— Que criança? — perguntei.

— A mulher estava grávida.

O vento soprava pela velha tília, nos deitamos no crepúsculo e ficamos por lá e cochilamos. Essa é uma coisa boa de fazer com os amigos: nada. Ali por perto eu ouvia o latido do gordo do Heinz correndo atrás do pedaço de pau, até que por fim desapareceu o último raio de luz sobre o lago. Então, nos despedimos. O esquilo musculoso foi descansar no meio dos galhos, e eu segui andando com o professor pelo Caminho Longo.

— Fale-me sobre Gold — disse o professor.

— Nós conversamos muito — eu disse.

— Em humanês?

— Sim. De outro jeito não rola.

— Mas, Frankie, você conhece as três regras de ouro.

— Fazer-se de burro. Fazer-se de burro. Fazer-se de burro. Sim, sim! Mas acho que nesse ponto eu vacilei.

— Isso é ruim. Agora ele sabe do que você é capaz. E Gold é um humano macho. As fêmeas são mais dóceis. Com os machos, você tem que mostrar quem é o líder imediatamente. Quantos anos ele tem?

— Não faço ideia. Meia-idade, algo assim?

— Isso é bom. Os humanos jovens são ainda muito selvagens. Como são os dentes dele?

— Não reparei.

— Os dentes são importantes, Frankie. Ele come bem?

— Ele come, sim. Mas principalmente bebe.

— E o pelo dele? É brilhoso?

— Ah, Gold não tem muito pelo. Tem um pouco na cabeça.

— Certo, então é um macho de meia-idade. Pouco pelo. E quanto às voltinhas?

— Ele não gosta. Passa muito tempo sentado, sem fazer nada. Ruminando. É um homem triste, de mal com o mundo.

— Ele tem que se movimentar, Frankie. Sair de casa, faça chuva ou faça sol! Sei que vocês, jovens, educam de outro jeito. Mas humanos precisam de anúncios claros. Orientação. Senão, vira uma praga para todas as outras criaturas. Ele se lava?

— Até que sim. Gold se comporta de um modo simplesmente... estranho. Ele fala estranho. Diz que perdeu o sentido da vida e coisas assim.

— Isso é bom, Frankie. Pois agora *você* é o sentido da vida para ele. Só que ele ainda não sabe.

E nisso, de repente, eu senti um peso enorme. Acho que nunca tinha sido o sentido da vida de alguém. Pelo menos não que eu saiba. Mas acho que quando de repente a gente se transforma no sentido da vida para um ser humano adulto como Gold, sem aviso prévio nem nada, também tem que lidar com uma responsabilidade enorme. E eu não sou lá muito chegado em responsabilidade.

— Achei que as coisas seriam mais fáceis de alguma forma.

— É, humanos dão trabalho, Frankie. Mas também trazem alegria. É preciso cuidar direito. Os humanos se consideram inteligentes, e nós deixamos que acreditem nisso. Desempenhamos nosso papel, dominamos sem dar na vista. Assim eles se sentem bem. E, se o seu humano está bem com você, você também está bem com ele. Entende? Isso se chama dialética, meu jovem Frankie.

Eu queria ainda ter perguntado ao professor o que é *dialética*. Mas ele já tinha se enfiado no meio das vigas largas da cerca e começado a correr pelo caminho pavimentado até sua casa. A cada passo, ele de repente ficava mais cansado, ainda mais capenga. Aí caiu a minha ficha: era de propósito.

Por fim, ele se sentou e soltou um rápido latido. O sr. Adam apareceu à porta e exclamou:

— Oh, Barney, meu querido. Espere, estou indo! — Então, com um gemido, ele pegou o professor nos braços e o levou para dentro da casa. Foi mesmo um espetáculo.

O professor é simplesmente um mestre da dialética.

No caminho de volta para a casa abandonada, vim pensando no que poderia fazer agora que eu era o novo sentido da vida de Gold. Ou no que eu tinha que fazer. Ou se, na condição de sentido da vida, a gente talvez só passeasse pelo mundo, deixando as coisas caminharem sozinhas. Estava tão concentrado nos meus pensamentos que de início nem notei o carro. Mas eis que lá estava um pequeno carro branco, na frente da casa abandonada. Na hora que eu ouvi aquele chilro que lembra um pardal-montês, fiquei apavorado, corri para o meio de um arbusto e fiquei pensando que todo mundo devia estar ouvindo meu coração palpitando de medo. Por sorte, as orelhas dos humanos só são boas para coçar. Tirando isso, não servem para mais nada.

Anna Komarowa estava com sua maleta no jardim. Lembrei daquela flecha maldita, do troço que queimava na cabeça, e então me ocorreu que ela tinha mesmo ficado de dar uma passada para me ver. Gold estava do lado dela, e nisso eu o ouvi chamar:

— Frankie! Frankie, visitinha pra você!

Por que os humanos sempre acham que é só chamar que a gente aparece?

Eu estava no meio do arbusto, a uns poucos rabos de gato de distância, e esperei. Esperei que Anna Komarowa entrasse logo no carro e desaparecesse para sempre. Mas não foi isso que aconteceu.

No começo estavam os dois mudos, lado a lado. Então Anna Komarowa disse algo sobre o tempo e sobre como andava fazendo calor, e Gold também disse alguma coisa sobre o tempo e sobre como andava fazendo calor. Então Anna Komarowa falou:

— Como vai o meu pequeno *kot*? O ferimento cicatrizou bem?

— O ferimento? Ah, sim. Acho que está tudo OK — disse Gold.

— Mas o senhor só acha?

— Não, não. Foi Frankie que me falou: "Comunico que minha cabeça está se recuperando!". Foram as palavras dele.

— Muito engraçado. E onde ele está agora?

— Por aí. Escreveu um poema e foi entregar para o amor da vida dele.

— O senhor está cada vez mais piadista. Andou bebendo? Está com um baita bafo de manguaça, se me permite dizer.

— Quer saber, é disso que eu gosto na senhora: sempre muito direta. Aceita um pouco de vodca?

— Não, obrigada. Estou trabalhando.

— Pensei que na Rússia ninguém levasse isso tão a sério.

— Eu sou do Quirguistão.

— Bem, pra mim é tudo União Soviética.

— Mas o que o senhor fica fazendo o dia inteiro? — perguntou Anna Komarowa. — Além de beber todas, quero dizer.

— Fico pensando na vida. Aparo a grama. Compro comida de gato. Fico esperando o dia passar. Ah, sim, e bebo, é claro.

— Entendi. O senhor está desempregado.

— Não, eu não estou desempregado. Sou escritor.

— Ah, um senhor escritor!

— O que você quer dizer com isso?

— O que eu quero dizer com o quê?

— "Ah, um senhor escritor." O jeito irônico de falar.

— Eu só disse: "Ah, um senhor escritor".

— Está fazendo de novo!

— Nossa, como o senhor é sensível! Mas o que o senhor escreve? Histórias policiais?

— Nada disso. Escrevo romances. Literatura de verdade.

— Que pena. Gosto de histórias policiais.

— A senhora só lê histórias policiais?

— Suspense também.

— Posso te dar um dos meus livros. Como um *senhor escritor*, tenho também uma missão pedagógica. E pode ser que a senhora goste.

— Sim. E talvez também não goste. Alguém morre no seu livro?

— Sim.

— Que bom. Nem chego perto de livro em que não tem morte. Mas, se eu achar chato, eu vou falar. E quando não me agrada, também largo antes do fim. Qual é o título?

— O quê?

— Qual o nome do seu livro?

— *Meu verão com Emilie.*

— Sério?

— Não gostou?

— Soa muito antiquado.

— É clássico. É algo diferente.

— Parece livro de uma velhinha do interior da Inglaterra, que come sanduíche de ovo e escreve romances sobre mulheres que também comem sanduíches de ovo e, coitadas, são apaixonadas por um lorde ou um duque.

— Interessante a sua análise.

— Aposto que se fosse *Meu verão sangrento com Emilie* venderia mais. Ou, pelo menos, *O caso Emilie*.

— Da próxima vez consulto a senhora antes.

— Faça isso. Ah, antes que eu me esqueça: encontrei alguém para o pequeno *kot*.

— Encontrou alguém?

— Uma família legal, para adotá-lo. Já que o senhor queria se livrar dele de qualquer jeito.

— Ah, eu queria isso? Não lembrava.

— Para um senhor escritor, sua memória é espantosamente ruim.

— Frankie vai ficar aqui comigo. Ele precisa de mim.

— Claro. Ele precisa do senhor.

— O que há de tão engraçado nisso?

— Nada. Absolutamente nada. Eu só acho que talvez seja bem o contrário.

— Que bobagem!

— Deixe eu dizer, gostaria de esperar mais uns quinze minutos pelo pequeno *kot*, pra dar uma olhada na ferida. Talvez ele apareça. Tudo bem?

— Não.

— Não?

— Só se a senhora tomar uma vodca comigo.

— Mas o senhor é mesmo um sacana!

— Sim, eu sei.

Aí Gold entrou na casa, pegou uma garrafa e dois copos, ouvi o tlim-tlim, e eles conversavam.

Uma hora Gold pegou também duas cadeiras, e eles conversavam e conversavam. Às vezes, Anna Komarowa dava risada, e eles conversavam e conversavam e conversavam.

Estava insuportável.

Ninguém me chamou mais. E mesmo eu não tendo ido, de vez em quando é bom quando alguém chama a gente.

Saí andando pelo Caminho Longo e pensando nas palavras de Gold: "Frankie vai ficar aqui comigo". Isso me fez explodir de felicidade. Ele deve ter algum sentimento por mim, né?

Eu não sabia aonde deveria ir, então desci para o lago e me sentei numa pequena clareira na margem. Eu ouvia as pessoas em volta do lago, entendia quase tudo o que diziam, mesmo que estivessem do outro lado — é mesmo incrível como à noite a gente consegue ouvir lá longe, sobre a água. No lago havia dois barcos, um deles passou bem perto de mim, e eu fiquei pensando no quanto deve ser estranho ficar sentado num barco, cercado só por uma água escura e navegando praticamente em cima da cabeça dos peixes que estão ali em volta.

Então saí dali e fui em direção ao monte de lixo. Caminhei pelo mundo escuro e deserto. Tinha uma meia-lua sobre mim, e eu disse:

— Oi, lua. Você está cada vez mais gorda. Mas é bom que esteja aí, velha amiga.

Os morcegos sibilavam pela noite, os ouriços ofegavam. Senti cheiro de cocô de guaxinim, me perguntei se Pomponelka Ronronenko estava agora sentada na janela e me perguntei também por que eu tinha vindo ao mundo tão covarde. Isso me enchia o saco.

No alto do monte, me esgueirei por baixo da banheira velha e fiquei observando por um tempo o brilho da lua até começar a sonhar. Acho a maior parte dos sonhos uma bobajada. A gente não entende nada e quando conta para alguém um sonho desses, de que não se entende nada, a gente fica sempre parecendo esquisito. Por isso não conto meus sonhos para ninguém.

Mas aquele dia eu sonhei com Hollywood. E vocês certamente conhecem aquela coisa que os humanos gostam de dizer: que os sonhos podem se tornar realidade.

11
HOLLYWOOD

Quando voltei à casa abandonada, vi mudanças bruscas. E como é típico de mudanças repentinas, a gente não entende direito por que nem como aconteceu e fica admirado o tempo todo. Mas uma admiração por vez.

Em algum momento depois da noite inesquecível com Anna Komarowa, comecei a ouvir Gold assobiando uma canção. Não me perguntem qual era a canção, que isso tanto faz. Mas enquanto ele estava na cozinha e assobiava, eu só conseguia observar com surpresa. Um belo dia ele abriu todas as cortinas, e a luz entrou na casa abandonada. Eu piscava feito um alucinado. Depois ele deu um jeito nas panelas que estavam fedendo, e no outro dia ele passou um tempão falando com alguém ao telefone (não faço ideia de quem era; ele não me contou), e falava todo simpático, ou seja, sem os palavrões de sempre. Mas o que mais me impressionou foi quando, numa certa manhã, de repente ele parou de usar aquele roupão deprimente e começou a usar coisas que pessoas normais usam. Vocês sabem o que eu quero dizer. Quase não dava para reconhecer o bom e velho Gold.

E escutem só! Em um daqueles dias cheios de mudanças inesperadas, que me deixavam chocado, Gold me disse:

— Frankie, entre no carro. Nós vamos para Hollywood.

Claro que eu não fiz foi nada. Porque eu pensei: de novo ele está falando bobagem. Além do que, eu não queria entrar num carro nunca mais. Mas Gold insistiu e disse que agora a gente ia para Hollywood. Para um troço chamado *casting* ou algo do tipo.

— O que aconteceu com o realismo? — perguntei.

— O que isso tem a ver? — disse Gold.

— Há alguns dias você disse que era pra eu tirar da cabeça essa coisa de Hollywood. Porque eu era um *gato comum de vilarejo*. E agora de repente estamos indo pra Hollywood?

— Frankie, eu estou fazendo um favor pra você. Vamos fazer uma viagem, OK? E sinto muito, não quero decepcioná-lo, mas não é nada realista você achar que vai ser um astro de cinema. Essa visão está mais pra bem, bem, bem irrealista.

Assim que ele falou *astro de cinema*, entrei no carro. Porque eu penso assim: se eu acredito numa coisa e consigo imaginá-la na cabeça, é sinal de que essa coisa é realista. No meu modo de ver. E Hollywood eu podia muito bem imaginar. Imaginava como eu seria recebido lá por um grupo de humanos acenando felizes e dizendo: "Frankie! Até que enfim você veio! Fez boa viagem? Só se cuide, primeiro faça um lanche, depois descanse, que você vai virar um astro de cinema. Tenha foco. O que acha disso?". E eu assim: "Vai ser isso mesmo, amigos".

Passamos por pastos e campos, e quando olhei para trás, o vilarejo tinha sumido. Não sei por quanto tempo viajamos. Mas posso afirmar: para ir a Hollywood a gente não precisa voar pelo céu. Nem atravessar o oceano de navio. Foi exatamente assim: seguimos até o pet shop, depois viramos à esquerda e então à direita, aí seguimos reto e depois viramos de novo à esquerda, e Gold ficava olhando um pedacinho de papel com o endereço de Hollywood.

Em algum momento, montanhas surgiram na nossa frente. Fomos até elas. Mas, conforme a gente ia chegando mais perto, já não eram montanhas, e sim torres enormes e casas muito, muito altas. Elas cresciam da terra e pareciam todas iguais. Na verdade, eram totalmente iguais. Que nem uma manada de zebras.

— Aqui é a cidade — disse Gold.

Uma das torres, que era a mais alta de todas, tinha um ferrão na cabeça, e o ferrão se escondia dentro de uma nuvem. Eu nunca tinha visto algo assim, e de repente me senti minúsculo, ainda menor do que uma pulga deve se sentir.

— Aqui é a cidade — miei baixinho e me encolhi no assento do carro.

Junto da torre com o ferrão na cabeça tinha uma casa alta, e nela estavam coladas umas letras brilhantes. Grandes e vermelhas. E nessa casa é que queríamos entrar.

— O que são essas letras? — perguntei a Gold.

— Happy Cat — ele disse.

Mas tinha uma rua na frente da casa, e a gente precisava atravessar a pé. Pensei: nunca vamos conseguir. Carros demais. Humanos demais. Todos correndo para algum lugar da cidade. E o que não ficou claro para mim foi o porquê. Se era medo ou fome, ou se estavam caçando alguma coisa. Todos falavam com seus pequenos telefones. Assim que um pequeno telefone tocava, o humano tinha que falar com ele. Mas não tinha como evitar, porque os pequenos telefones têm tudo sob controle e humanos obedecem que nem cachorrinhos. Muitos humanos também levavam comida na pata. Um pãozinho com linguiça ou algo assim. Corriam e comiam ao mesmo tempo porque tinham medo que alguém roubasse a comida deles antes que estivessem em segurança. Era algo inteligente!

Gold me levava sobre o ombro pela rua e entrou na casa que tinha as letras brilhantes.

— Agora estamos em Hollywood? — perguntei, quando entramos no grande salão.

— Por assim dizer — respondeu Gold, sério.

Um homem idoso, vestido todo de preto, veio até nós e disse:

— É para o *casting*? Elevador, segundo subsolo.

Fomos para debaixo da terra, que nem toupeiras. Mas aquele lugar não tinha nada a ver com uma casa de toupeira. Conheço uma que se chama Grabowski. E a casa de Grabowski é um breu absoluto. Uma vez olhei lá dentro, é praticamente só um túnel cheio de minhocas e caracóis espalhados. Nem um pouco aconchegante. As toupeiras não têm a menor ideia de conforto e de como levar uma vida boa. Mas são todas umas pobres imbecis, se querem saber.

No local que se chamava *segundo subsolo*, a porta foi aberta e eu vi gatos por toda parte. O salão inteiro cheio de gatas e gatos, sentados com seus humanos em cadeiras, ou formando fila, ou zanzando de coleira, ou olhando pela grade de uma caixa. Fui atrás de Gold até uma mesa grande com dois humanos sentados. Uma mulher e um homem. Imaginei que trabalhassem para Hollywood. A mulher tinha garras vermelhas pontudas, e o homem não tinha nenhum pelo na cabeça. Gold pegou o pedacinho de papel e disse:

— Aqui diz que vocês estão procurando um gato para a produção de um filme publicitário, é isso? Este é Frankie. Ele é o melhor.

Achei realmente fofo ele falar isso, o jeito como disse. Mesmo não sendo nada mais que a verdade.

Os dois humanos atrás da mesa olharam para mim e depois para Gold. O homem sem pelo na cabeça apontou para mim e disse:

— Mas o que é *isso*?

— Como? — perguntou Gold.

— É, essa criatura desgrenhada aí. Diga-me, o senhor achou esse bicho na rua?

— Não exatamente na rua. É uma longa história.

— O que é para ser *isso*?

— Um gato. Não está evidente?

— Sim, mas de que raça?

— Raça? Não faço ideia. É importante, a raça?

— Claro que é importante. É só o senhor olhar em volta — disse o homem, apontando para o salão. — Lá no fundo tem gatos siameses de pura raça, ali um mau egípcio e aqui gatos persas do tipo chinchila. Já lá do outro lado temos sagrado da birmânia, azul russo, maine coon e uma van turca maravilhosa.

— Van turca? — Gold caiu na risada. — Rebaixada, tala larga, escapamento cromado?

O homem não riu.

— O seu gato...

— Ele se chama Frankie.

— O seu gato parece um gato caseiro vulgar, só Deus sabe com que mistura no sangue.

— E?

— Aqui estamos em busca de um astro. Não de uma ovelha negra.

— Quem sabe não fosse melhor dizer: ovelha *diferente* — disse a mulher com garras vermelhas, que também estava sentada atrás da mesa.

O homem pigarreou e disse a Gold:

— Meu senhor, o seu gato certamente é um animal... interessante. Uma ovelha *diferente*. Só que ele é muito comum. Sim, quase feio. E o que estamos fazendo aqui é o *casting* para a ração úmida Happy Cat. A número um em ração. Buscamos o novo rosto para a ração úmida Happy Cat!

— Mas ele é a cara da ração úmida — disse Gold. — Frankie adora um sachê.

— O que houve com a orelha esquerda dele? — perguntou o homem. — Falta um pedaço quase inteiro. Aqui não pegamos bicho estropiado, mordido. Santo Deus!

— Por outro lado... Bem, eu não sei — disse então a mulher por trás da mesa, me observando. — Pode parecer meio louco o que eu vou dizer. Mas ele tem algo de autêntico.

— Autêntico? — disse o homem.

— Sim, sim. Ele transmite uma forma muito comum de ser diferente. Além de não ter metade da orelha. Ele é... diferente. Não acha?

— Diferente no sentido de ser uma bela de uma ovelha negra?

— Ovelha colorida. Mas sim — disse a mulher. — Se optarmos pela narrativa correta. Assim: aqui temos um gato que se parece com milhões de outros gatos. Alguém da rua. Um vira-lata triste. E ele tem só metade de uma orelha. Quase não ouve o mundo, tem dificuldade em se orientar, é excluído. Mas ele não desiste. Luta por reconhecimento e amor! Uma história assim toca as pessoas. E seria algo absolutamente afinado com o nosso tempo: "Ração úmida Happy Cat — Nós amamos *todos* os gatos". Será que ele teria alguma outra deficiência?

— Ele não é deficiente! — disse Gold.

— Naturalmente que não — disse a mulher com garras vermelhas. E nisso ela tirou uma foto minha, rabiscou alguma coisa num pedação de papel, que deu a Gold, e disse: — Bem-vindos ao *casting* da ração úmida Happy Cat.

Eu não entendi tudo o que aqueles humanos de Hollywood tinham dito. Talvez só a metade. Ou metade da metade.

— Afinal, o que é um *casting*? — perguntei a Gold.

— Bem, é olhar e analisar se você é o tipo certo para um papel.

— E eu sou o tipo certo? Eles disseram que eu sou feio.

— Você não é feio, Frankie. Ou talvez você seja um pouquinho feio. Mas você tem carisma.

E agora tenho que dizer uma coisa para vocês. Acreditem ou não, eu nunca tinha pensado nisso, na minha aparência. Também nunca tinha pensado na aparência dos outros bichos. Se são bonitos ou feios. À exceção de Pomponelka Ronronenko, já que ela não é deste mundo. Muitos animais são, é claro, uns cuzões idiotas. Os guaxinins, por exemplo. Mas não dá para dizer que são feios. Só dá para dizer que são cuzões. Entendem?

Já com os humanos não é assim. Ficam o tempo todo falando sobre a aparência dos outros. E isso acaba assumindo uma importância enorme. Ei, Frankie, você é feio! Ei, Frankie, você é vira-lata! Ei, Frankie, você é deficiente! Até a idade é algo que os humanos querem sempre saber, ficam sempre falando nisso. Só que tanto faz a idade que a gente tem. O mais importante é o que a gente é.

Querem um conselho de um gato que já viu muita coisa na vida? Sejam só um pouquinho inteligentes e acreditem em mim: o mundo é dividido entre quem é cuzão e quem não é. Fim de papo. Mas diferenciar quem é cuzão e quem não é pode ser difícil. O jeito é vocês, humanos, tão espertos, botarem a cabeça para funcionar.

E como eu já tinha refletido muito e dado bons conselhos para a humanidade, fiquei com fome.

— Tem algo pra comer aí? — perguntei a Gold.

— Sinto muito, Frankie.

— Pensei que em Hollywood a gente ganhasse comida, essas coisas.

Sendo assim, saí para dar uma volta no salão em busca de algo para comer. Até porque a gente ia ter que esperar um tempão que não acabava mais. Para fazer o *casting*. Se algum dia vocês forem a Hollywood, levem comida e algo para brincar ou um filme hollywoodiano, senão você vai morrer de tédio.

— Ei, você, mocinho! Pssssiu! Aqui! Venha aqui um pouco.

De início eu não soube quem estava falando. Até que eu vi, a alguns rabos de gato de distância, uma gata que piscava para mim, erguia a pata e assobiava:

— Psssiu! Mocinho!

Então, fui até ela. Motivo: achei que seria legal conhecer alguém em Hollywood e estabelecer algumas relações. A gata estava deitada numa caixa enorme. Na frente tinha uma grade que ela empurrou com a pata.

— Ei, mocinho. Psssiu! Você tem aquilo?

— Quê?

— Estou perguntando se você tem aquilo. Venha, dê aqui na minha pata.

— Mas o que que eu devo ter?

— Não se faça de bobo e dê aquilo a uma velha *lady*.

— Mas eu não tenho nada! Você tem? Eu só tenho fome.

— Vamos, venha! Não precisa ser muito. Mas eu preciso de um pouco daquilo. Daquele troço bom.

— Troço bom?

— Ah, droga! Você não deve ter é nada mesmo! Por que sempre falo com o cara errado? Nas antigas, eu falava com os caras certos. Mas isso era nas antigas! Todos eram loucos por mim.

— Eu sou Frankie — respondi, porque não sabia que outra coisa deveria dizer.

— Eu sou Bianca da Pedra do Lobo. E você se chama Frankie? Só Frankie?

— Frankie... do Monte de Lixo — eu disse.

— OK, Frankie do Monte de Lixo. Primeira vez aqui? Dá pra notar.

— Sim. Acabei de chegar aqui em Hollywood.

— Em *Hollywood*? Ah, claro. Você tem alguma vaga ideia do que acontece aqui, mocinho?

— Sim, claro, quero ser artista de cinema. Por causa do amor.

— Um romântico! Que gracinha!

E então ela fixou os olhos em mim. E eu fiquei meio zonzo, porque ela me observava com aqueles olhos pequenos, muito azuis, numa cara escura. Era bem sinistro aquilo. Nunca tinha visto uma gata como essa Bianca da Pedra do Lobo.

— É melhor se comportar comigo, mocinho. Aqui eu sou a estrela. A boa e velha Bianca se preocupa com você, OK?

— Você é uma *raça*? — perguntei. Porque eu tinha acabado de ouvir aquele humano usando essa palavra.

— Claro que eu sou uma raça, mocinho. A mais pura gata siamesa. E você? Você é o quê?

— Eu? Eu sou deficiente. E *diferente* — eu disse.

— Ei, você é engraçado, Frankie do Monte de Lixo. Gostei de você.

— E como é esse negócio de raça? — Eu queria mesmo saber. Até porque estava com um pouco de inveja.

— Solitário — ela disse.

— Solitário?

— Encontro apenas gatos siameses. E às vezes. Meus humanos proibiram outras companhias.

— São assim tão racistas?

— Claro que são racistas. Mas eles se chamam de criadores.

— Criadores. Uau!

E foi assim que eu conheci a famosa Bianca da Pedra do Lobo. Uma gata siamesa pura. Provavelmente vocês já ouviram falar dela. Trabalhou com muita gente em Hollywood.

— Até que apareceu uma garotinha, uma maine coon, que abanou o rabo três vezes, e eu perdi o meu lugar. É assim que são as coisas por aqui, mocinho. É jogo duro. Mas você tem sorte por ter me encontrado. A velha e boa Bianca vai te ajudar.

E isso eu achei muito legal da parte dela. Porque eu ainda não sabia o que exatamente eu tinha que fazer num *casting*.

— Ouça, mocinho, vou dar algumas dicas pra você. Vou falar até qual é o grande segredo das estrelas. Assim você vai conseguir se tornar uma estrela. Quer saber o segredo?

Fiz que sim com a cabeça.

— Claro que você quer. Mas então você precisa fazer um favor pra uma velha *lady* como eu. Está vendo o cachorro preto lá atrás, naquele canto?

Tinha mesmo um cachorro preto sentado. Não tinha chamado nem um pouco a minha atenção. Estava completamente imperceptível, sentado numa penumbra. Perto da porta por onde entramos no salão do segundo subsolo.

— Vá agora até ele e diga que precisa de um pouco do troço bom para a boa e velha Bianca. Pode fazer isso por mim?

Fiz que sim com a cabeça.

— Que cachorro é aquele?

— É um galgo-afegão.

— Um galgo-afegão preto?

— Exatamente.

— Ele tem nome?

— Dealer.

— Dealer? Esse é o nome dele?

— Exatamente. Vá logo, sem demora.

12
BRO

Atravessei o salão e fui pensando que tudo ia dar certo quando eu soubesse qual é o segredo das estrelas de Hollywood. *Frankie, você é um cara de sorte!*

O problema era apenas que o galgo-afegão, que se chamava Dealer, ficava cada vez maior conforme eu me aproximava. Quando cheguei na frente dele, ele era três ou seis vezes maior que eu, e de repente as minhas patas tremeram. E quando eu falei com ele, minha voz saiu que nem um ganido.

— Olá, galgo-afegão. Como vai? Eu queria...

— Bro, fala mais alto, pô!

— Eu queria... o troço bom. Para a minha amiga Bianca.

Dealer me olhou de cima a baixo. Não disse nada e lambeu o traseiro. Esperei com paciência.

Não sei se vocês já ficaram cara a cara com um galgo-afegão, mas aquele lá era praticamente puro pelo. Quase não dava para ver os olhos, porque Dealer deixava os pelos caírem no rosto, e aí eles se dividiam na metade, de onde saía o focinho.

— Quanto vai ser, bro? — perguntou Dealer.

— Eu me chamo Frankie. Não *Bro.* — Achei que seria bom avisar.

— Tudo bem, Frankie, bro. Então, quanto vai ser?

— Como assim “quanto”? — perguntei.

— Do troço bom, bro.

E esse agora já era outro problema. Quanto? Ainda mais quando a gente não sabe do quê. Afinal de contas, o que era aquele tal *troço bom*?

— Uma... porção?

— OK, bro. O que você tem pra mim? — perguntou o Dealer.

— Eu? Nada. Só vim retirar.

— Então você quer o meu troço bom sem me dar nada em troca? Será que eu entendi bem?

A voz de Dealer agora soava ameaçadora.

— O que eu devo dar em troca?

— Um osso grande de roer, sabor frango. Esse é o preço normal. Aceito também palitinhos pra roer, de frango. Ou um pescoço de coelho. O que me diz, bro?

Acenei com a cabeça. Dealer chegou com o focinho pontudo bem perto do meu ouvido e sussurrou:

— Se você não tiver nada pra mim, não vou ter nada pra você. E agora suma daqui!

Falando sério? Eu não sei por que eu simplesmente continuei sentado. Estava com medo. Mas também estava num desespero doido. E, nesse desespero, reuni toda a minha coragem e disse a Dealer que infelizmente eu não poderia sumir dali. Não sem o troço bom. Porque eu precisava daquilo de qualquer jeito, para saber o segredo das estrelas.

Então eu contei sobre Pomponelka Ronronenko, sobre o poema que fiz para ela sob a luz do luar e como fiquei sentado um tempão na frente da janela dela, sem palavras, com saudade, e contei que Hollywood era minha única chance de conquistar seu coração. Quem sabe ele, Dealer, já tivesse se apaixonado alguma vez e soubesse o quanto a gente fica com o coração partido e às vezes só quer ficar embaixo de uma banheira velha, chorando baixinho, sofrendo por amor, e que a vida é sombria que nem uma noite na floresta.

De repente ouvi alguém fungar. Então vi uma lágrima grande e cintilante cair do focinho de Dealer, bem na frente, na ponta. Era a maior lágrima que eu já tinha visto, grande como uma framboesa, e isso de qualquer modo era também lógico, porque faz sentido que cães gigantes tenham lágrimas gigantes. De qualquer forma, constatei que galgos-afegãos são extremamente sensíveis. É da personalidade deles. Dealer derramou lágrimas do tamanho de framboesas por todo o pelo e fungava porque eu tinha contado a história mais abobalhada e comovente que ele já tinha ouvido.

E eu:

— Sério mesmo?

E ele:

— Estou acabado, bro. Sou muito sentimental. Nossa! Foi mais comovente que *Titanic*.

Dealer me contou que ele também já ficou perdidamente apaixonado. No passado, como afegão, no Afeganistão. Mas, por motivos religiosos, infelizmente não deu em nada. Por causa dos xiitas e sunitas e dolomitas. Todos tinham problemas uns com os outros. Preferi não perguntar mais nada, porque Dealer já tinha chorado bastante.

— Então você não sabe mesmo a quantidade do troço bom?

— Não faço a mínima ideia, Dealer.

— Tem muita coisa que você não sabe, bro.

— Eu sei. Eu sou do vilarejo.

Dealer levantou o traseiro e eu já estava pensando que ele ia ficar se lambendo por um tempão de novo. Mas aí ele levantou mais um pouquinho, e vi que debaixo do pelo tinha uns saquinhos transparentes escondidos, e nisso ele arrancou um deles e estendeu para mim, com a pata.

— Isso é o troço bom?

Parecia grama ressecada.

— Erva-dos-gatos. Da mais alta qualidade. Não foi nem picotada — disse Dealer.

Eu já tinha ouvido falar dessa erva. Parece que deixa os gatos doidões.

— Mas não tenho nada pra dar em troca.

— Chorei como há muito tempo não chorava. Aquilo me tocou. Gostei de verdade, bro. Você sabe por que também somos chamados de afegãos negros? Porque somos extremamente melancólicos. E agora me faça um favor e suma daqui, por gentileza.

Saí andando com o saquinho na boca e me sentindo um felino predador que voltava de uma caça bem-sucedida. Frankie Coração de Leão! É claro que eu queria contar tudo para Bianca, toda a minha aventura com Dealer. Mas ela não me ouviu nem um pouco.

— Não fique aí falando besteira, mocinho. Passe o troço bom para cá. Já!

Rasgou o saquinho que nem louca com as garras, cheirou até encher o nariz, enfiou o focinho inteiro. Então ficou de barriga para cima. Rolava que nem louca de um lado para outro na erva-dos-gatos. Sem parar. Foi muito assustador.

— Olá? — tentei falar com ela. — Bianca? E o segredo das estrelas que você ia me contar? Lembra?

Aí o contorcionismo parou por um instante e ela olhou para mim. Seus olhos azuis estavam frios e impiedosos.

— O segredo das estrelas, é? Bem, é o seguinte: em Hollywood, nunca confie num gato que você não conheça. E agora dê o fora, seu trouxa! Vamos, chispa, já!

Saí andando pelo salão, desorientado e com o coração vazio, até que acabei caindo num canto. Mas o pior não foi a mentira. O pior foi que Bianca estava coberta de razão. Eu era um trouxa. Alguém que acredita em qualquer coisa que pareça interessante. E quando a gente se sente trouxa, prefere correr para longe ou pular num buraco fundo na floresta. E era bem isso que eu queria naquele momento: voltar para o meu vilarejo, que era meu lugar. Voltar para os meus bons amigos, mesmo que alguns tivessem apenas três pernas. Chega de ilusões. Afinal, não dava para acreditar que ali em Hollywood estivessem atrás de um trouxa. Ou que em algum lugar alguém estaria segurando um cartaz assim: "Quem quer se tornar artista de cinema? Trouxas são sempre bem-vindos!".

O problema era só que, quando fui encontrar Dealer, acabei me perdendo do Gold no meio do tumulto. Não vi mais nem sinal dele. Outro problema era que eu estava morrendo de fome, tanto que minhas pernas já estavam bambas. E outro problema ainda era que eu, por causa do outro problema, estava cada vez mais desesperado. E muitas vezes infelizmente é assim quando a gente tem problemas: como se um não bastasse, vem logo outro para se somar. Eles se reproduzem que nem coelhos. Não tem como evitar.

Eu me agachei debaixo da mesa onde antes estavam a mulher de garras vermelhas e o homem sem pelo na cabeça e fiquei ali esperando Gold e pensando: *Seja um pouco inteligente, Frankie.* E inteligente é esperar no lugar onde a gente viu pela última vez quem a gente está procurando. Só que Gold não aparecia. E logo, além de estar com muita fome, comecei a ficar com sede. Eu estava completamente desesperado e já não estava parecendo inteligente esperar, porque assim a gente só fica sentado e enlouquece. Mas aí eu pensei numa coisa: perto da mesa tinha uma porta grande, e vários gatos com seus humanos ficavam passando por ali, primeiro para dentro e depois de um tempo para fora. Os humanos falavam para os gatos: "Foi ótimo, Jacqueline!". Ou: "Peter, por que você ficou tão nervoso?". Ou: "Luzie, você poderia pelo menos ter fingido que estava gostando!". Fiquei observando esse movimento por um tempo. Escutei e espiei. E quando de novo alguém saiu e a porta ficou um instante aberta, eu me enfiei rapidinho pelo vão.

Constatei que a porta dava para outro ambiente. Tinha algumas pessoas sentadas ali. Entre elas, a mulher com garras vermelhas e o homem sem pelo na cabeça. E havia lá também sóis tão pequenos, que ficavam espetados em varetas. Esses sóis faziam uma luz muito doida que ardia os olhos. Mas não encontrei Gold por lá.

Eu já estava querendo chispar de volta quando senti o cheiro de alguma coisa. Encheu minhas narinas. E nisso também vi alguma coisa. Meus amigos, vocês não vão acreditar! Primeiro eu pensei que de novo fosse um daqueles truques cruéis de Hollywood. Afinal, mesmo eu sendo um trouxa, eu sei que tem coisa que simplesmente não acontece na vida. Por exemplo: um rato gordo pôr a cabeça na frente do meu focinho e dizer: "Bom apetite, querido Frankie". Ou então uma alcateia de lobos passar por mim e dizer: "Achamos você muito inteligente e atraente, impiedoso Frankie. Por isso queremos que a partir de agora você seja o nosso líder". Ou então eu sair andando pela floresta e encontrar a quarta perna do professor, que colamos com cuspe na mesma posição de antes e dá certo.

Nada disso existe.

Mas, naquele momento em Hollywood, o que eu estava vendo e cheirando existia mesmo. Lá estava: uma tigela cheia de ração, e com molho. Parecia simplesmente extraordinária, como se tivesse caído do céu ou algo assim. Tinha até uma folha de verdura por cima de tudo, sendo que nem precisava. Era lindo de ver.

Fui me aproximando de mansinho, a bunda rente ao chão, para os humanos não notarem. Eu estava com uma baita fome e comi feito um alucinado. A única coisa que me incomodava um pouco era aquele monte de sóis, todos virados para a tigela de ração. E caso estejam achando essa história estranha, vocês não fazem ideia do que é realmente estranho.

Foi assim: os humanos de repente reagiram. Diziam:

— Jane, que gato é esse? Por favor, dê uma olhada na lista.

E também:

— Tom, está vendo isso? Está filmando? Você tem que dar um close.

E:

— Uau. Ele entrou aqui e está comendo tudo! Como se não houvesse amanhã.

E ainda:

— Olha só, o gato está mandando tudo pra dentro!

E também:

— Ele come de um jeito superautêntico, não acham?

E:

— Sim, a pose é superautêntica!

Autêntico era a palavra preferida ali.

Um humano veio até mim, com uma caixa grande no ombro. Na hora, comecei a rosnar para ele. Mandei ver. Porque eu não suporto que me incomodem enquanto estou comendo. É simplesmente mal-educado. Aí eu lambi o focinho, naturalmente, porque ele estava com um pouco de molho.

— Estão vendo isso? Nossa! Ele sabe mesmo jogar com a câmera! Já encontrou o nome na lista, Jane?

E assim foi, coisa e tal. Quando parei, ouvi uma voz conhecida atrás de mim:

— Frankie! Então você está aqui... Seu danado! Procurei você que nem louco!

Fiquei maluco de alegria quando Gold me encontrou. Mas primeiro eu tinha que raspar a tigela. Os humanos que estavam ali foram falar com Gold, empolgados. Davam apertos de pata, acenavam muito com a cabeça e tudo mais. Até que finalmente ele chegou até mim e disse:

— O que você fez, Frankie?

— Eu? Nada. Eu comi. Estava com fome.

— Os caras da filmagem estão empolgados.

— Por causa de mim?

— Claro que é por causa de você.

— Primeiro eles precisam me chamar para o *casting*. Posso fazer várias coisas! Pular bem alto, correr, caçar, rosnar, espreitar, escutar, espiar, me esgueirar...

— Frankie. Esse já foi o *casting*.

— Hã? Não entendi.

— O seu nome está no topo da lista deles. Parabéns!

— Quê?

— É, Frankie. Tudo indica que você será o novo garoto-propaganda da ração úmida. Quem diria, hein?

— Hã?

Mesmo quando já fazia um tempo que a gente estava no carro, deixando para trás a cidade, as torres e as casas que pareciam uma manada de zebras, eu ainda pensava: *Hã?* Porque era mesmo muito estranho. Eu gostaria de conversar com Flipper, sobre como tinha sido a experiência dele no casting. Mas Hollywood é assim, meus amigos.

Em Hollywood, a gente pode querer tudo. E correr atrás de um sonho que nem louco. Ou então só encher o bucho e ficar famoso. Porque Hollywood é um lugar para pessoas que não fazem nada. Mas é preciso fazer nada de um jeito *autêntico* — se é que vocês querem saber o meu segredo.

De novo a gente atravessou o mundão. Por uma estrada sem fim, passando por campos e pastos e florestas. Eu me arrastei até o colo de Gold, que fez carinho na minha cabeça enquanto o carro zumbia e sacudia. Mas eu não tinha mais medo. E como a gente continuava juntos, eu e Gold, eu estava feliz. Acho que nunca fui tão feliz na vida. Queria que o momento durasse para sempre. Mas quem liga para o desejo de um gato?

13
PLANETAS

O ar estava com um cheiro diferente. E o primeiro a perceber isso foi o esquilo musculoso na noite em que a gente se sentou no monte de lixo e contemplou o crepúsculo.

— Sente o cheiro, Frankie? O outono está chegando — ele disse.

Abri as narinas e senti que tinha mesmo um pouco de outono no ar, um cheiro de frescor e de terra úmida que dá para identificar se a gente fareja bem.

— Ah, que ar gostoso! — disse o esquilo musculoso e respirou profundamente. — Um ar assim gostoso você não encontra em Hollywood.

— Ar é ar — eu disse.

— Não, Frankie, não. Um ar assim, com esse cheiro incrível, só tem aqui. Vai por mim.

Fazia dias que estava sendo assim. Depois que eu contei a meus amigos sobre Hollywood, o esquilo musculoso ficou estranho, dizendo o tempo todo coisas como: "Olha só esta poça aqui, com água cristalina, algo assim você pode ficar um tempão procurando em Hollywood, meu amigo!".

Ou então: "Ouça, como o vento sopra entre as árvores, Frankie! Sem chance de ouvir um barulho bom desse em Hollywood". Ou então: "Agora veja só este grão de milho! Gordo e amarelo. Pode acreditar, não existe um assim em Hollywood. Você acredita, né, Frankie?".

— Cara, eu não estou indo embora — eu disse e coloquei a minha pata em seu ombro pequeno e musculoso. Ficamos um tempo sentados no monte de lixo, contemplando o cair da noite.

— Certeza que você não vai embora?

— Se eu for é por pouco tempo — eu disse. — Pra fazer um filme. Ou então quando eu for pra Hollywood me encontrar com pessoas famosas pra comer e falar sobre assuntos importantes e tal.

— O que seriam assuntos importantes?

— Não faço ideia. Talvez a paz mundial ou algo assim.

— Então você entende de paz mundial, Frankie?

— Ainda não. Mas será que é difícil? No fim das contas a paz mundial é só uma paz como outra qualquer.

— Aí você disse bem, Frankie.

— Você acha?

— Achei inteligente.

— Você pode ir comigo pra Hollywood. Podemos ir todos juntos: você, o professor, Gold e eu.

— Gold também?

— Ele tem o carro.

— Faz sentido.

— E sabe dirigir.

— Faz sentido. É, tem que levar isso em conta.

— Gold não é nada mau para um humano. Ele só não consegue demonstrar isso.

Logo a lua começou a brilhar e estrelas foram aparecendo cada vez mais, parecia até um exagero. O céu inteiro brilhava e cintilava. Por um momento eu pensei que a gente era invencível. Que a gente ia viver para sempre. *De verdade*, pensei. Mesmo eu não conseguindo explicar por que pensei isso enquanto olhava para as estrelas.

— Por que a lua é amarela? Por acaso você sabe, Frankie?

— Deve ser porque ela foi feita assim.

— Mas às vezes ela também não é tão amarela.

— Sim, às vezes ela é meio pálida.

— É louco ela ficar pendurada lá em cima, né?

— Muito louco. E muito lindo também.

— Também acho muito lindo. Uma lua assim é uma coisa extraordinária. Mesmo quando só aparece metade. Você acha que eles podem nos ver?

— Quem?

— Ora, os habitantes da lua.

— Claro que sim. Se nós daqui vemos a lua, então eles também podem nos ver. É pura lógica.

— Venha, vamos acenar pra eles.

Ficamos acenando para a lua até as patas ficarem pesadas.

— Você conhece o Planeta dos Macacos? — perguntei.

— Não. O que é um planeta?

— Um planeta é uma estrela. Como essas aí em cima. Vi uma vez na TV. Interessante pra dedéu. Então, em algum lugar existe um planeta comandado por macacos. Ficam andando por lá a cavalo e dominam tudo. Até mesmo os humanos.

— Não pode ser verdade! — disse o esquilo musculoso, olhando para mim.

— Claro que é. Vi na TV. É tudo verdade. Em algum lugar lá em cima certamente existe o Planeta dos Macacos. Sério.

— Você acha que a lua poderia ser o Planeta dos Macacos?

— Talvez. Temos que perguntar para um macaco. Você conhece algum?

— Não. E você?

— Não.

— Sabe o que seria mais doido ainda, Frankie? Se lá em cima tivesse um Planeta dos Esquilos. Imagine! Por toda parte esquilos e nogueiras, arbustos de nozes e flores de nozes. *Tudo* de nozes. E os esquilos andariam a cavalo e seriam os chefes.

— Sim, seria doido. E eu ficaria bem do outro lado, no Planeta dos Gatos, um visitaria o outro.

— Isso mesmo! Mas... como um faria para visitar o outro?

— A gente iria a cavalo. Tem pontes entre as estrelas, aí a gente passaria por elas.

— Verdade, agora que você falou faz sentido, Frankie.

— Mas você sabe o que seria ainda melhor? O Planeta dos Bichos Bacanas. Onde moram só os bichos que são muito legais. Como você, eu, o professor, e alguns outros que a gente escolher. Mas nada de cuzões como os guaxinins e tal.

— E nada de águias pra me caçar.

— E nada de porcos, nada de pega-rabilongas, nada de lobos.

— E nada de martas, nada de furões, nada de corujas!

— E nada de aves migratórias.

— E nada de humanos!

— Nada de humanos?

— Acho que ninguém precisa dos humanos, Frankie.

— Bem, os humanos são inteligentes. E trabalham muito. Alguém tem que construir as pontes entre os planetas pra nós. E alimentar os cavalos. Ou mesmo resolver as coisas que não queremos resolver.

— Quem sabe a gente não leva alguns humanos junto. Cara, o que eu mais queria era ir a cavalo até lá com você. Até o Planeta dos Bichos Bacanas. Seria bom demais.

— Shhhh! Silêncio.

— O que foi?

— Está ouvindo?

De algum lugar vinha um barulho. De galho quebrando.

— Tem alguém ali — eu disse.

— Sim. Mas quem?

— Como é que eu vou saber? Silêncio!

Escutamos e espiamos na noite. De novo o barulho. E uma respiração ofegante.

— Melhor a gente fugir, Frankie.

— Shhhh!

Uma sombra rastejava pelo lixo. Veio direto até nós. E nisso eu já estava sentindo o cheiro.

— Merda! Um guaxinim — sussurrei.

O esquilo musculoso voou dali, correu para o alto de uma bétula e gritou lá de cima.

— Frankie, aqui! Estou vendo! Cuidado! É ele!

Aquilo certamente poderia ter sido uma boa ideia. Mas até um guaxinim meio surdo agora teria nos descoberto.

O guaxinim veio na minha direção com sua gangue idiota de guaxinins — os guaxinins ficam parecendo muito burros quando andam assim. Em todo caso, aquele era maior e mais forte do que eu. Era um guaxinim realmente gordo. E falando sério? Claro que seria inteligente me escafeder dali. Sem dúvida. Mas um gato às vezes nem consegue se escafeder. O monte de lixo para mim é como estar em casa, entendem? O *meu* monte de lixo. A velha dona Berkowitz não entendia isso. Quando eu aparecia com as orelhas sangrando, ela sempre sacudia a cabeça e lamentava: "Ah, Frankie, garoto bobo! Por que você sempre tem que brigar?". Resposta: É da minha natureza. Não posso fazer nada. Sou um bicho que marca território. E quando penso nisso, é espantoso que os seres humanos não entendam. Afinal de contas, o que sei dos seres humanos é que eles também são um bicho que marca território.

O esquilo musculoso gritou de cima da bétula:

— Vou buscar ajuda, Frankie! — E saiu correndo.

O guaxinim abriu a boca e rosnou feito um maníaco. Vi seus dentes pontudos sob a luz da lua. Ninguém acredita que por trás da simpática fisionomia do guaxinim se escondem dentes terríveis e pontudos. Acho que existem bichos que a gente já vê que são um tanto cruéis. Quando você encontra um lobo e ele diz “olá” e dá um sorriso irônico, você já sabe pela prática: todo cuidado é pouco. Só que com guaxinim é diferente. No começo todos pensam que são fofinhos e tudo mais. Mas a gente não deve subestimá-los. Uma vez cometi esse erro e perdi metade da orelha. Eu ainda era pequeno na época e não sabia nada. Saí à noite pelo vilarejo, e lá estavam os dois guaxinins. Eu queria jogar conversa fora com eles. Porque estava me sentindo um pouco sozinho e eles pareciam bem simpáticos. Até porque eles usam aqueles óculos engraçados. Mas eles me deram uma baita de uma sova. Um deles mordeu minha orelha e quando percebeu o que tinha na boca, e que é bem difícil de comer, cuspiu fora. E assim meu pedaço de orelha fez um grande arco e voou pelos ares. Nunca mais o vi. Mas às vezes ainda sonho com ele voando pelos ares.

Quando aquele guaxinim gordo abriu a boca, fui direto pra cima dele. Para pegá-lo de surpresa. Com minhas garras eu o esmurrei com força. E esmurrei de novo. E fui rápido, já ele era meio desajeitado, de tão gordo. Foram golpes violentos, mas o guaxinim só olhava perplexo e rosnava. Isso a gente não pode negar: os guaxinins realmente não têm medo. E conseguem suportar muita coisa. É algo que eu respeito bastante.

Aí ele sumiu. Não por medo nem nada, mas sim de modo bem descontraído, com sua gangue idiota de guaxinins. Como se estivesse pensando: “Vamos embora, aqui está muito chato”. Foi aí que infelizmente eu cometi um erro. Quando ficou claro que eles me deixariam em paz, fui tomado pela soberba. Acontecia algumas vezes comigo, em brigas, de eu me sentir vencedor. O erro é: falar demais. Fosse como fosse, gritei alguns palavrões atrás dele. Falei que ele era uma aberração e coisas do tipo. O guaxinim deu meia-volta, me encarou por um instante e veio furioso na minha direção.

Os golpes com as garras ensandecidas acertaram a minha cabeça e todo o meu corpo. Tomei uma pancada forte no olho esquerdo e urrei como nunca. De repente, parecia que o olho tinha sido desligado. Com ainda mais força, o guaxinim me acertou no rosto. Com isso, meus joelhos amoleceram, tombei para o lado, o sangue escorria do meu focinho. O guaxinim então ficou por cima, e eu podia sentir o seu hálito nojento. Ele me mordeu pelo lado. Mordeu no cangote. Enfiou os dentes pontudos na minha carne. Não foi como nos filmes a que eu assistia, em que humanos se engalfinham até um deles dizer: "Clemência!". E então se dava clemência. Comigo infelizmente não foi assim. O guaxinim me arrastou pela sujeira e continuou a me espancar. E eu sabia: *Acabou, Frankie, acabou*. Na verdade, eu só queria agradecer ao guia supremo (ou quem quer que seja) pela minha bela vida, de que eu tanto gostava.

Certamente eu tive sorte de sair vivo dali. Depois daquilo, passei um tempão dormindo e descobri que era até amado por alguns e tal. Tinha sido muita sorte. Só que agora que já tinha passado, vi que não tive tanta sorte assim.

Foi então que com um olho eu vi um roupão de banho deprimente chegando perto de mim. Mas antes apareceu o esquilo musculoso gritando:

— Frankie! Chegamos! Tá vivo? Frankie!

A situação era a seguinte: Gold ofegante com o roupão de banho deprimente, o esquilo musculoso de novo tinha corrido para cima da bétula, eu meio morto no chão e, no meio disso tudo, o guaxinim. O que aconteceu depois... Nossa! Gold deu um grito de um jeito que eu nunca tinha visto. Nenhum bicho que eu conheço consegue gritar daquele jeito. Com muita raiva e desespero. E foi gritando que Gold partiu para cima do guaxinim. Atirou nele tudo o que encontrava pelo chão: pedras, lixo. Era só coisa que voava. O guaxinim ficou louco de raiva, mas Gold parecia não se abalar. Não tinha medo nenhum! Deu pontapés, bateu com um sarrafo. Eu fiquei todo orgulhoso. Mas, sinceramente, fiquei com medo também. Gold parecia que não estava nem aí. Parecia enlouquecido. Mais que o guaxinim.

Correu atrás do bicho e ficou gritando ainda por um bom tempo. Até que eu, debilitado, disse:

— Agora está bom, pode parar.

Gold veio me carregando do alto do monte de lixo. Ele me apertava junto ao peito, como se eu fosse seu bebê. Eu via a lua, como estava bonita, e em algum lugar lá em cima estava o Planeta dos Bichos Bacanas. Senti que precisava mesmo ir para lá, enquanto ainda vivesse.

14
IDIOTAS

Tudo doía. Tudo queimava. Eu estava moído e quase não enxer-gava com o olho esquerdo. Gold me deitou no sofá da casa abandonada e foi buscar um cobertor para me manter quentinho. Então pegou o telefone e começou a falar com Anna Komarowa, que ele agora chamava de Anna. E eis que ali estavam também o esquilo musculoso e o professor, que simplesmente entraram na casa.

Estavam todos sentados e agachados à minha volta, como se a gente fosse uma família ou algo assim, apesar de que eu não conheço nenhuma família formada por um humano, um gato, um esquilo e um salsichinha perneta. Mas vocês entenderam o que eu quis dizer. Estavam todos preocupados e querendo saber se eu precisava de alguma coisa, se eu estava bem acomodado, se estava confortável mesmo, e o esquilo musculoso perguntava toda hora: "Frankie, como você está?". Eu respondia: "Indo bem". Pouco depois ele perguntava de novo: "Frankie, como você está *agora*?". Estava me irritando um pouco. Mas também era estranhamente bonito. Não consigo me lembrar da última vez que alguém manifestou tanta preocupação comigo. Achei quase uma pena que todo mundo estivesse preocupado bem quando eu estava tão destruído. Se não fosse isso, eu teria aproveitado mais.

— Cara, estou muito feliz por você estar vivo — disse o esquilo musculoso. — Foi por um triz, Frankie.

— Eu já tava pensando que vocês não viriam — respondi, abatido.

— Cara, eu vim correndo direto aqui para a casa abandonada chamar Gold enquanto você tentava se livrar dos guaxinins. É que Gold... Estava ocupado.

— Ocupado?

— Sim, aqui. Com o fio.

O esquilo musculoso apontou para o teto. E lá estava pendurado de novo aquele fio fantástico. Eu nem tinha percebido, de tão acabado que eu estava.

— Sentei na janela e gritei que nem louco. Mas Gold não reagia. Ele ficava lá dentro, de pé na cadeira, o fio em volta do pescoço. Bem dependurado, Frankie. Feito uma noz na nogueira.

— Pode ser que ele não tenha ouvido você...

— É claro que me ouviu!

— O que você gritou?

— "Socorro! Frankie!" Eu não sabia mais do que isso em humanês. Mas com certeza ele entendeu bem. Gold me olhou enquanto estava com o fio no pescoço. Ele tinha que ter ido na hora, Frankie.

— Sim, ele tinha que ter ido na hora mesmo. Mas Gold gosta de brincar com o fio. É coisa dele.

— Mesmo assim acho que tem algo errado com ele, por ter deixado você lá daquele jeito. Porque era uma questão de vida ou morte.

— Sim, tem algo errado com ele.

— O que você acha, professor? — perguntou o esquilo musculoso. — Não acha que tem algo errado com Gold, por ele ficar brincando com um fio em vez de ajudar Frankie?

O professor não disse nada. Só ficou olhando para o fio como se estivesse hipnotizado.

— Ei, professor, tudo bem aí?

Ele balançou um pouco a cabeça grisalha. Então disse numa voz rouca e sussurrada:

— Idiotas. Seus vacilões idiotas.

Acho que não é necessário contar para vocês o que o professor, que é o bicho mais inteligente que eu conheço, explicou para a gente. Sobre o fio e tal. Vocês podem imaginar. Afinal, *vocês* não são tão idiotas.

Pelo menos é o que eu espero. E vocês também podem imaginar que eu me senti muito burro. Fiquei o tempo todo aqui contando a história para vocês sem ter entendido aquilo!

Mas agora eu entendi. A coisa em si, enfim. *Suicídio*. Só que eu não conseguia acreditar. Tem diferença entre não entender e não conseguir acreditar. E, mesmo que eu fosse o gato mais inteligente do mundo, não teria acreditado que Gold queria morrer.

Tirando isso, consigo acreditar em tudo. Acredito em coisas mais tristes até. Já contei para vocês como foi que eu nasci? Eu saí da minha mãe, como fazem os gatos. Junto com Número 1, Número 2, Número 3, Número 4, Número 6 e Número 8. Meus irmãos. Todos fofos e só um pouco maiores que uma cabeça de cachorro. O humano que era dono do lugar onde a gente morava enfiou todos eles num saco. Eles se debatiam e gritavam feito loucos lá dentro, e o humano jogou o saco num barril para a água de chuva. Até que ninguém mais se debateu nem gritou. Eu me escondi atrás de uma pilha de madeiras. E o homem praguejou:

— Que diabos! Toda vez essa merda.

Ali eu imediatamente passei a acreditar que o ser humano é capaz de simplesmente matar todo mundo. Mas que um humano queira *se* matar — nisso eu até agora não acredito.

Gold desligou o telefone e disse:

— Já, já ela chega aqui, Frankie. Como está agora, amigo?

Então consegui soltar um ganido. Gold subiu na cadeira, que ainda estava embaixo do fio. Tirou o fio, enrolou-o e o colocou embaixo do sofá. Ouvi um carrinho vindo pelo Caminho Longo. Logo a porta da casa se abriu e Anna Komarowa apareceu na sala.

— Ah, não, que merda! — ela disse ao nos ver todos reunidos, três bichos e um ser humano, e no mesmo instante soltou a maleta.

15
DOIS ARRUINADOS

Quando acordei ainda estava escuro, e tinha algo enganchado no meu pescoço. Uma coisa grande e horrível. Eu batia nela com as patas, mas a coisa não saía do meu pescoço. Entrei em pânico e comecei a bater nela cada vez mais forte, aí me lembrei: aquilo era o *colar elizabetano*.

Foi o que Anna Komarowa tinha dito. Colar elizabetano. É claro que quando me viu ela também disse:

— Oi, oi, meu pequeno *kot*.

E na hora recuou um pouco de susto. Por me ver tão destruído. Especialmente meu olho esquerdo. Ela disse a Gold que eu poderia perder a visão. Eu não estava nem aí para essa tal de visão. Só queria voltar a enxergar. Então Anna Komarowa pingou alguma coisa no meu olho, enfiou algo em mim atrás e na frente e por fim colocou a coisa grande e esquisita na minha cabeça. Para eu não coçar o olho.

Isso me deixou louco.

Pulei do sofá, ouvi, espiei. Tudo silencioso na casa, que nem quando eu estou sozinho. Aquilo me deixou inquieto. Onde estava Gold? Olhei debaixo do sofá, o fio ainda estava lá. Andei de mansinho pela casa, tendo que tomar cuidado para não esbarrar nas coisas, já que eu estava com um olho só e aquela coisa grande e esquisita ia até as orelhas. Dei uma volta por tudo e no fim subi a escada me arrastando. Era uma escada curta, mas naquela hora parecia infinita. Eu estava mesmo destruído. Andei até o quarto de Gold e ele estava lá, dormindo de barriga para cima.

Com a boca aberta.

Observei Gold por um tempo. É comum os humanos parecerem muito burros quando dormem. Mais burros do que qualquer bicho.

Só os humanos muito pequenos não parecem burros. São fofos dormindo, que nem os gatos. Uma vez vi um humano bem pequenininho dormindo. Não lembro onde. Mas eu lambi a cabeça dele. Disso eu me lembro. E só fiz isso porque era muito fofo dormindo, como se fosse um gato.

Pulei na cama, para junto de Gold, e fiquei observando mais um tempo. Então pressionei o nariz dele. Isso porque eu não podia ficar ali esperando o dia inteiro.

— Gold, acorde. Preciso falar com você. É importante.

— Frankie? Mas... O que foi...? É madrugada.

— Eu sei. Ouça. Você não pode morrer.

— Frankie...

— Escuta! Seria uma burrice você morrer. Acho que eu até entenderia se você fosse uma minhoca. Uma minhoca, assim, que não tem braços, nem pernas, nem cabeça. É só uma minhoca. Isso sim é que não é vida, se quer saber. Mas eu conheço algumas minhocas, e nenhuma delas já pensou em se matar. Mesmo sendo só minhocas. E você é um ser humano. E você tem tudo. Pode tudo. E tem a sua casa aqui, e tem eu e você...

— Frankie, pare com isso.

— Não, não paro, não! Eu não quero que você se mate.

— O que eu devo dizer? Desculpe. Não vai acontecer de novo. Mas as coisas não funcionam assim, Frankie. As coisas não são tão simples.

— Claro que são! A vida é simples. Qualquer idiota consegue viver.

— Eu me esforço, Frankie.

— Mas então tem que se esforçar mais!

Me deitei do lado de Gold, bem no meio espaço formado pelo braço dele, com as patas contra seu corpo quentinho. E ficamos assim um tempo.

Dois arruinados. Juntinhos e colados no nascer do dia.

— Por que você não consegue simplesmente ser um pouquinho feliz? Como os outros humanos?

— Porque só uma coisa me faria feliz: ter Linda de novo comigo. E isso não vai acontecer. Eu pensava, de verdade, que conseguiria. Em algum momento, vou estar em outra e tocar a vida. Mas sou um canalha depressivo que tem pena de si mesmo. Essa é que é a verdade. Não tem um dia em que eu não me sinta revoltado, desesperado, sozinho, envergonhado. Quando estou num dia bom, fico sem querer me matar ou atirar na cabeça de alguém.

— Isso é uma coisa burra.

— Não, é uma coisa doente. Estou doente, Frankie.

— Pois então vá ao médico! Aqui, Anna Komarowa. Ela enfia algo em você, na frente e atrás, e você fica melhor na hora.

— Seria bom.

— Afinal, que tipo de doença é?

— A doença da falta de sentido.

— Não me diga. Por que nada tem sentido? Você tem a mim. E agora eu sou o sentido da sua vida.

— Você?

— Claro. Eu ajudo nisso. Acho que você fica feliz quando está comigo. Na minha presença e tal. Você faz carinho no meu pelo, gosta quando estou por perto, tem conversas interessantes comigo. E faz compras pra mim. Limpa meu banheiro. Eu poderia falar mais coisas ainda. Sabe, eu ficaria feliz se eu tivesse um sentido da vida como eu!

— Você não precisa de mim, Frankie.

— Eu tenho dois amigos. Mas o professor já está muito velho, não vai muito longe. E o esquilo musculoso é só um esquilo. Ele é tão pequeno que qualquer dia desses pode ser comido. Ou morto. Ou atropelado. Pá! Daí eu fico sozinho na vida. Mas com você eu achei que estaria seguro. Que seria pra sempre.

— Eu sinto muito, Frankie.

— Quem sabe você não consegue esperar um pouco?

— Esperar o quê?

— Até *eu* morrer. Humanos vivem mais do que os gatos. E quando eu morrer, daí sim você pode se matar. Minha opinião.

— Não sei se consigo aguentar tanto tempo, Frankie.

— Você só fala de você! Mas o que vai ser de mim?

— Sinto muito por ter sido justo eu que você encontrou. Você merecia algo melhor.

E isso é óbvio. É que infelizmente era assim: eu não queria nada melhor. Esse é o problema quando a gente gosta de alguém. A gente não quer nada melhor.

— Mas Anna deu de presente pra você um belo abajur de pendurar no pescoço — disse Gold e tocou no colar elizabetano.

— E se eu também virar deprimente que nem você?

— Depressivo, você quer dizer — disse Gold.

— Sim, depressivo. Dá na mesma. Isso ajudaria? Pra mim não importa. Eu já sou agnóstico. E hedonista. Então posso ser depressivista também.

— Depressivo.

— E agora, falando sério? Essa é uma ideia muito boa. Se nós dois formos depressivos, com certeza vamos nos divertir muito!

Eu me sentei e fiquei observando Gold. Todo triste. Todo depressivo. Aquela coisa grande e bizarra, que parecia um abajur, ficava balançando em volta da minha cabeça. De repente, Gold caiu na risada. Tomei um susto com o barulho, quase caí da cama. Era a primeira vez que eu ouvia a risada do Gold. Eu nem sabia que ele conseguia rir. Não parava de rir. E quando parou, começou a chorar e disse:

— Obrigado, Frankie.

Humanos! Simplesmente não dá para entendê-los.

O sol nascia devagarinho, Gold fazia carinho na minha barriga e eu estava cada vez mais cansado. De certa forma, eu não queria que a noite acabasse.

— Se eu morrer, Frankie. No que eu faria falta pra você? Em nada — disse Gold.

— Bom. Claro. Do que eu sentiria falta? De muitas coisas. Várias. Fico aqui pensando no molho e nessas coisas.

— Molho?

— Outro dia eu comi um pardal. Mas não estava bom. Muito seco. A comida que você traz do pet shop é melhor. Tem mais molho. Comer com molho é mesmo outra vida.

— Então você não quer que eu morra por causa do seu molho?

— Agora não vai ficar ofendido. Eu só disse que o molho...

— Não estou ofendido.

— Também gosta de molho?

— Adoro.

— Qual é o seu molho preferido?

— Não faço ideia. Tem muitos molhos bons. Molho bechamel. Molho pesto. Molho de mostarda. Molho de tomate. Difícil escolher.

— Sim, também acho que tem muitos molhos bons. Eu queria poder, algum dia, experimentar todos os molhos bons.

— Uma vez eu comi parmegiana com Linda. Na Itália. Já faz um tempão. Fomos caminhar em algum monte que tem lá, só não consigo lembrar o nome. Enfim...

— Onde fica a Itália?

— No sul da Europa.

— Ah.

— Enfim: parmegiana é um prato feito com berinjela. Daí vai alho, uma porção de manjericão, parmesão, muçarela, molho de tomate. Tudo isso é levado ao forno, e logo começa a soltar um cheiro maravilhoso. Mas o melhor da parmegiana é sempre aquele molho incrível, que é feito com tomates, temperos e queijo. A gente molha o pão italiano no molho parmegiano, fica uma loucura. Aquele foi provavelmente o melhor molho da minha vida.

— Molho é bom demais. Estou dizendo.

— Às vezes, quando penso em Linda, penso logo: a gente comendo aquele molho danado de bom. É estranho. No final ficam apenas uns detalhes.

— Para mim não é estranho.

— Pois é.

— Por isso, então, não vai ser bom se você se matar. Porque os mortos não comem molho.

— Então quem sabe você não coloca isso na minha lápide? "Mortos não comem molho." Gostei. Faria isso por mim? Frankie, meu pequeno sentido da vida.

16
VAI FICAR TUDO BEM

Anna Komarowa vinha me ver quase todo dia. Acho que ela vinha também para ver Gold. Bem, era a impressão que eu tinha. Eles conversavam muito, e Gold ficava menos deprimido quando ela aparecia. Isso era bem claro. E olha que eu só conseguia ver pela metade, já que meu olho estava bem machucado. Mas vocês entenderam. Seja como for: eu ficava feliz quando Anna Komarowa vinha. E triste quando ela entrava no carrinho e ia embora pelo Caminho Longo.

Quando eu ficava sozinho com Gold, sempre tinha medo de que ele se matasse. Gold comia, bebia, dormia, falava, olhava ao longe, essas coisas. Bem normal. Mas o que ele tinha na cabeça e se lá dentro ele só pensava em se matar, isso eu não tinha como saber. Isso acabava comigo. Porque a qualquer momento poderia não acontecer nada. E a qualquer momento poderia acontecer o pior. Entendem?

Como se não bastasse: eu ainda não enxergava nada com o olho esquerdo, e aos poucos foi me dando medo de que ele ficasse estropiado para sempre. Aí eu ia virar Frankie, o caolho. Frankie, o estropício. Frankie, o monstro do olho morto.

Eu estava pra lá de deprimido, mesmo. Anna Komarowa fazia carinho em mim e dizia o tempo inteiro: “Não tenha medo. Vai ficar tudo bem, meu pequeno *kot*". Mas tem uma coisa dos humanos que eu sei bem: eles vivem falando essas palavras. "Vai ficar tudo bem" e tal. Mas, na minha opinião, são palavras bem burras, porque todo mundo sabe que não é tudo na vida que vai ficar bem. Talvez a metade de tudo vá ficar bem. E isso com alguma sorte. A burrice está justamente aí: não tem nada nem lugar nenhum na vida em que realmente tudo vai ficar bem.

O esquilo musculoso vinha me visitar com frequência. Sentava do meu lado no sofá e o tempo todo tamborilava as patas no meu abajur, porque ele gostava do barulhão que fazia, tanto que chegou a pensar que seria mesmo vantajoso ter um olho só.

— Tem que ver pelo lado positivo, Frankie.

Claro, ele queria me consolar. Todo mundo queria me consolar o tempo todo.

— Cite uma vantagem, então — eu disse.

— Sim. Vesgo é que você não vai ser.

— Dá pra ser vesgo com um olho só.

— Sério? Bem, então talvez não tenha nenhuma vantagem mesmo. Vai uma noz aí?

Cara, eu estava deprimido demais. Nem saía mais de casa. Não queria que ninguém me visse daquele jeito: mancando, caolho e com um abajur no pescoço.

Vejam as pega-rabilongas, por exemplo. Elas me deixavam louco da vida. Ficavam sentadas num galho xingando, contando piadas sujas e cascando o bico. E todos os outros bichos achariam que sou um fraco. "Frankie, aquele que não é de nada", iam pensar. "Frankie, seu tempo já era." E entrariam no meu território, com a certeza de que seriam os novos líderes. No meu território!

Mas aí, apesar de tudo, eu saí de casa. Porque mais cedo ou mais tarde isso aconteceria. Andando devagar, passei pelo professor, o esquilo musculoso já estava lá, e então eis que estávamos deitados no jardim, debaixo de uma pereira toda florida, eu e meus amigos, pensando em como ajudar Gold. Porque ele precisava de ajuda, isso era claro como o dia. Gold tinha me salvado dos guaxinins e agora eu tinha que salvá-lo do suicídio. Não poderia ser tão difícil.

A gente só precisava, basicamente, de um bom plano de resgate. E depois pôr o plano em ação. Duas coisas, então: plano e ação. E se a gente pensasse um pouco nessas duas coisas, com certeza teria alguma ideia. Ainda mais estando em três. Três cabeças inteligentes. Palavras-chave aqui: inteligência de bando. É esse o nome que os pássaros dão. Quem sabia mais disso era o professor, claro.

— Li uma vez alguma coisa — ele disse. — No jornal. Vocês sabem que eu sei ler, não? Ouçam bem: uma coisa é certa, Gold não é o único depressivo que há no mundo. Existem alguns.

— Alguns quantos? — perguntei.

— Cinco, seis?

— Trezentos e cinquenta milhões — disse o professor.

— Uau — eu disse.

— Loucura — disse o esquilo musculoso.

— Quanto é trezentos e cinquenta milhões? — perguntei.

— É, quanto é isso? — perguntou o esquilo musculoso.

— Imaginem uma cidade enorme — disse o professor. — E todas as pessoas que moram lá são depressivas. Então imaginem ainda outra cidade enorme, e mais uma, e mais uma, e mais uma...

Eu tentei mesmo imaginar: *milhões*. Uma cidade e mais uma cidade e por aí vai. Mas a única coisa que eu consegui imaginar um pouco era um rebanho de gnus correndo pela savana ou pela pradaria ou algo assim. Até o céu, um monte de gnus. E os gnus sendo, então, depressivos. Era assim que mais ou menos dava para imaginar.

— E se agora todos viessem viver aqui com a gente? — perguntou o esquilo musculoso. — Esses depressivos todos? Como uma praga? Será possível que Gold seja apenas o pelotão de frente? Gente, eles me dão muito medo, esses depressivos!

— Pelotão de frente, que bobagem! — disse o professor.

— Mas e se for contagioso? E se a gente aqui pegar depressão, que nem raiva? Cuidado, Frankie! Você mora com um depressivo. Se for contagioso...

— Contagioso, que bobagem — eu disse.

Mas, agora falando sério, eu não tinha certeza disso, não.

— Como é que milhões de pessoas podem ter depressão se ela não for contagiosa? Hein? — perguntou o esquilo musculoso.

E isso não era uma pergunta burra, de jeito nenhum.

Burro era a gente, que não sabia responder.

— Será que alguém conhece um depressivo, pra gente perguntar a ele?

— Que tal a coruja? — disse o esquilo musculoso. — É sempre tão triste o olhar dela.

— Sim, porque ela é uma coruja — eu disse. — Isso não é depressão. É a cara dela.

E assim ficamos matutando e matutando um tempão. A gente conhecia um ou outro bicho triste. Mas depressivos? Que bicho ia querer se matar? Nenhum que a gente conheça. Nem unzinho! Nós, bichos, somos mesmo cheios de alegria.

Constatamos então que pensar em se matar é uma doença de humanos. Era um baita desafio para nós. Acho que alguma coisa ali não fazia sentido. Por que logo os seres humanos? Que são tão sábios e poderosos e criam tantas obras de arte e realizam tantas façanhas. Essa doença vem da alimentação? Da falta de pelo? Da vida sobrecarregada de senhores do mundo? Ficamos só quebrando a cabeça. Aí vai uma coisa em que acredito. Mas estou confiando em vocês, caros humanos. Não riam, por gentileza. Talvez seja uma pergunta esquisita: mas poderia ser porque vocês dormem pouco e pensam muito? Eu faço bem o contrário: durmo quase o dia inteiro. Fico acordado pouco tempo, resolvo algumas coisas, aí deito e sonho de novo. Isso traz uma grande vantagem: eu não recebo muita coisa do mundo. Porque se você recebe muita coisa do mundo e pensa muito sobre isso, não sei, não. Será que isso não deixa as pessoas doentes? Vendo a vida de um jeito sombrio? Mas eu sou só um gato. Pensem o que quiserem.

O professor, que em sua condição de cachorro é muito religioso, sugeriu que Gold rezasse todo dia para o guia supremo. O máximo possível.

— A oração expulsa a depressão — ele disse.

E para expulsar a depressão, o esquilo musculoso também propôs uma dieta baseada em nozes e em muita atividade física — com isso Gold poderia se livrar da depressão. Já eu propus que Gold voltasse a dar risada. Quando os humanos riem é porque estão felizes, certo? Foi assim nas poucas vezes em que ouvi a risada de Gold. E era por isso que a gente precisava, com certeza, de um palhaço. Lógico. E todos disseram:

— Ideia genial, Frankie!

Só que ninguém conhecia nenhum palhaço. E ninguém sabia onde morava algum palhaço. Foi por isso que, infelizmente, a ideia do palhaço não deu em nada.

Prefiro não contar para vocês as outras propostas. Continuamos matutando embaixo da pereira, conversamos muito sobre isso e, como era outono, às vezes caía uma pera. Mas uma baita ideia para salvar Gold, isso infelizmente não caía na cabeça. Fiquei acabado. Porque a pior coisa é ver alguém se estropiando sem poder fazer nada. A gente só observa, sem ter o que fazer. Daí vem a sensação de estar destroçado.

Talvez eu esteja amaldiçoado. Será? Não entendo muito de maldições, mas de repente eu me sentia como Frankie, o amaldiçoado. Quase todo mundo que era importante para mim teve um fim horrível. Número 1, Número 2, Número 3, Número 4, Número 6 e Número 8 — meus irmãos. A velha dona Berkowitz. E agora também Gold.

Parecia muito uma maldição. E eu não sei o que a gente precisa fazer quando é amaldiçoado. Será que eu deveria me afastar de todos os humanos, de todos os bichos e me enfiar no meio da floresta? Ou passar a viver com outros amaldiçoados?

Quando outra pera caiu da árvore, o professor disse:

— Frankie, meu jovem. Acho que você deveria falar sobre Gold com essa Anna Komarowa.

Sinceramente, eu não tinha pensado nisso antes.

— Mas e as três regras de ouro, professor? Não falar com seres humanos? Só se fazer de burro, se fazer de burro e se fazer de burro?

— Continuam valendo. Mas isso é uma emergência absoluta. Fale com ela. Ela é médica...

— Sim, médica de bichos!

— Não vamos conseguir fazer isso sozinhos.

— Sim, Frankie! Fale com ela — disse o esquilo musculoso. — Mas antes ofereça uma noz, pra ela saber que você está em missão de paz.

Saí andando de volta pelo Caminho Longo. Sei que a vida pode ser boa. Mas naquele momento não estava sendo, e eu estava com um pressentimento sombrio. Uma vez eu vi na TV um humano se sentar numa máquina maluca e viajar. Voltando para o passado ou indo para o futuro. De qualquer forma, ele foi para longe do momento em que estava. Era uma coisa assim que eu queria naquela hora. Mas assim como eu não conhecia nenhum palhaço, também não conhecia alguém que tivesse uma máquina como aquela. Às vezes não é fácil ser gato. Porque quando a gente está muito deprimido e com o coração apertado, não dá para simplesmente sumir. A gente tem que aguentar.

— Olá, Frankie.

Parei. Escutei. O meu pelo se arrepiou na hora. Por causa do abajur, eu não conseguia ouvir muito bem, mas logo soube quem estava falando comigo. As pega-rabilongas! Estavam bem em cima de mim. Malditas pega-rabilongas, era óbvio que estavam querendo tirar sarro de mim! Mas não naquele dia. Não comigo.

— Sumam daqui, suas malditas! — gritei a plenos pulmões. — Senão eu vou pegar vocês! Juro que subo aí e devoro todas de uma vez. Eu sou Frankie! Subo aí e devoro todas de uma vez!

Silêncio.

Espiei cuidadosamente olhando para cima, para o galho da tília em que as pega-rabilongas costumavam ficar. Mas não tinha ninguém. Olhei com cautela para a esquerda. Ninguém. Olhei com cautela para a direita. Ninguém. Fui me virando devagarinho e... Puta merda! Dei um passo para trás e quase trancei as patas. Não era pega-rabilonga nenhuma. Era Pomponelka Ronronenko.

Ela olhou para mim, assustada. Eu olhei para ela, assustado. E foi assim que por um instante ficamos assustados, e eu fiquei pensando no que cairia bem dizer ali, depois de ter xingado feito um alucinado, e tive a ideia de dizer as palavras do meu poema lindo que eu fiz só para ela, mas não conseguia me lembrar de nenhuma delas.

Cabeça vazia.

Coração acelerado.

Frankie calado.

— Eu pensei que... — acabei falando.

— Sim?

— Eu pensei que... Desculpe. Eu pensei que... você fosse uma pega-rabilonga.

Minhas primeiras palavras para ela: "Eu pensei que você fosse uma pega-rabilonga". Que situação.

Pomponelka Ronronenko inclinou um pouquinho a cabeça para o lado, que é o que nós, gatos, fazemos quando estamos constrangidos. Quando ouvimos algo muito estranho ou muito burro.

— Mas o que foi que aconteceu? — ela perguntou.

— Comigo?

Pomponelka Ronronenko estava muito linda naquele instante. Eu tinha esquecido totalmente que não estava lá muito bonito. Vocês já viram isso? Querer tanto alguém que a gente viu uma vez só? Aí, no fim, quando você vê esse alguém de novo, é bem no dia em que está com um olho só, mancando feito um pobre-diabo e de abajur no pescoço? Não é justo.

— Eu lu-lutei... um guaxinim... — gaguejei. — Eu lu-lutei... com um guaxinim.

— Sério?

— Sério.

— Você é muito corajoso, Frankie.

Ela até sabia meu nome. Como, eu não faço ideia. E também não importava, o que importava era que meu nome sempre saísse daquele focinho lindo.

Então, desejei que Pomponelka Ronronenko soubesse logo de tudo. Da história toda. Como, onde, por que e assim por diante, de como tive que lutar com os guaxinins. E eu contei tudo para ela. Aos poucos as palavras iam chegando. Eu dei uma enfeitada em algumas coisas, mas achei que era permitido fazer isso quando a gente realmente quer impressionar alguém e está com um olho só e de abajur no pescoço. Uma vez uma raposa me explicou que exagerar não é mentir. Mas sim a pura verdade. Só que um pouco colorida. Contei para Pomponelka Ronronenko até mesmo sobre Hollywood. O que achei estranho foi que ela não se interessou muito por Hollywood e pela minha condição de, praticamente, astro do cinema. Será que ela não tem TV?

Sentamos um ao lado do outro na margem do Caminho Longo, conversamos e contemplamos a paisagem. O tempo todo eu queria dizer o quanto eu estava gostando de ficar ali sentado com ela contemplando a paisagem e que não era por causa da paisagem, que era uma paisagem normal. Eu queria de todo jeito dizer que não tinha nada a ver com a paisagem, mas sim com outras coisas. Mas acabei não dizendo nada, porque às vezes as palavras, não sei, estragam tudo.

Quando se levantou para ir embora, ela disse:

— Eu moro ali atrás. Na casa vermelha.

Parecia piada. Como se eu não soubesse onde Pomponelka Ronronenko morava.

— Quem sabe você não passa por lá uma hora dessas?

Aí ela foi embora pelo Caminho Longo. Andava com patas leves, sem olhar para trás. Eu a seguia com os olhos. Se eu fosse contar para vocês tudo o que pensei naquele momento, eu precisaria de um dia inteiro. No mínimo. E talvez não fosse lá muito interessante. Porque uma coisa assim só é interessante para quem está numa situação parecida e com os sentimentos à flor da pele.

De repente eu comecei a correr. Corri o mais rápido que pude, o que não era assim tão rápido quanto vocês possam pensar. Queria logo contar tudo para Gold, afinal ele para mim era único. E isso o deixaria feliz. Então corri para a casa abandonada, com o abajur batendo na cabeça. Gente, corri que nem louco! Talvez isso não fosse salvá-lo nem nada, mas ele ficaria feliz se eu contasse que criei coragem no amor. Disso eu tinha certeza. E quem sabe fosse um começo. Agora só precisava de um pouco de sorte.

17
PELA FLORESTA ADENTRO

Quando cheguei à casa abandonada, a porta da entrada estava fechada. Também todas as janelas estavam fechadas, o que eu achei um pouco estranho. Pela janela grande olhei para dentro da casa. Não havia nada nem ninguém lá. Chamei algumas vezes. Quem sabe Gold estivesse dormindo. Quem sabe tivesse ido passear de novo no cemitério para conversar com Linda. Seu carro velho estava na frente da casa, como sempre.

Fui até o terraço e esperei. Acabei cochilando e tive um sonho. E mesmo a maioria dos sonhos sendo pura bobagem, daquele eu gostei bastante. Foi assim: primeiro eu contava a Anna Komarowa sobre Gold, e ela conversava com ele sobre a vontade de se matar. Falava muito sério e alto. E logo apareceu Gold no meu sonho, bem ajuizado, e logo começou a assobiar uma música. E o que mais? Pomponelka Ronronenko de uma hora para outra morava com a gente. E também Anna Komarowa com sua maleta, e à noite todos nós víamos filmes sobre bichos — Gold não gostava, mas eram dois bichos e a médica de bichos contra ele, que era minoria, então não podia reclamar. Um belo dia, Pomponelka Ronronenko disse: "Você percebeu, corajoso Frankie?". De início eu não quis dizer nada, mas ela tinha engordado um pouquinho. Excesso de ração úmida? Não! Frankiezinhos a caminho! Logo dariam as caras uns seis pequenos. E ninguém iria jogá-los no barril para água de chuva. Gold daria a eles os grandes nomes de Frankie 1, Frankie 2, Frankie 3, Frankie 4 e assim por diante. Nesse ponto do sonho, eu fiquei tão empolgado que infelizmente acordei e o sonho sumiu. Ainda tentei procurá-lo, encontrá-lo de novo e voltar a sonhar. Mas não tinha o que fazer. Quando um sonho tão bom vai embora, parece que roubaram algo da gente.

Esperei por Gold até o fim da tarde. Esperei até cair a noite. Com fome, comi alguns gafanhotos. Entrei num arbusto e esperei até o sol reaparecer sobre o lago. Esperei o dia seguinte inteiro. Por mais que não quisesse, ali eu já pensava que talvez algo de grave tivesse acontecido. Algo nada bom.

Fui até os meus amigos, e juntos procuramos por Gold um dia inteiro. Ele poderia estar pendurado em algum lugar. Perguntamos a todos os bichos que conhecíamos, e eram muitos. Ninguém tinha visto ele. No dia depois desse dia, entrei na floresta e comecei a olhar para cima, nas árvores. Desci até o rio, mas lá só tinha água, que murmurava calmamente.

Fui até a coruja, que estava sempre sentada no seu galho.

Com o focinho pesaroso de tristeza, perguntei:

— Ei, coruja, você viu um humano por aí?

E ela:

— Está procurando por um deles?

E eu:

— Sim. Pelo *meu* humano.

E ela:

— Por aqui não vi ninguém.

E eu:

— Me avisa se vir algum?

E ela:

— Pode deixar, Frankie.

E eu:

— Você é um bicho bem legal, coruja. Mesmo com sua cara sombria. Você não tem culpa disso.

Eu procurei e procurei. Meus amigos também procuraram e procuraram. Mas não dava para fazer nada. Ninguém o encontrava. Nem o menor vestígio dele.

Continuei esperando na frente da casa abandonada. Simplesmente não saí de lá, do banco de madeira ao lado da porta, sem vontade para nada além de ficar ali, impassível perante o mundo. Claro que eu sabia. Mas não tinha coragem de dizer em voz alta. Para ninguém. Nem para mim mesmo. Apenas sussurrei no dia em que o pisco-de-peito-ruivo entoou um canto muito bonito e triste.

Parecia um canto de morte.

Em algum momento, o professor chegou e perguntou se deveria buscar uma raposa para fazer um elogio fúnebre. Achei que Gold gostaria disto: contratar para ele uma raposa que fizesse um elogio fúnebre, com todas aquelas palavras mentirosas e exageradas que só as raposas sabiam dizer sobre um morto. Quem sabe Gold até mesmo risse lá do céu. Ou se sentisse muito importante. Os seres humanos gostam de se sentir importantes e de pensar que o mundo sofreria uma enorme perda quando morressem. Mas a verdade é que tudo segue simplesmente igual. O mundo continua igualzinho. O mundo continuaria igual como sempre. Como ontem e amanhã e depois de amanhã. E isso me deixava ainda mais triste, que o mundo sempre parecesse o mesmo.

Eu não queria raposa nenhuma. Não queria elogio fúnebre. Continuava encolhido, postado no banco de madeira na frente da casa, cabeça entre as patas, o céu escurecendo, clareando, e fora isso nada. Um enxame de abelhas poderia ter subido na minha bunda naquele momento, que eu nem ligaria.

Assim passei um tempão e mais um pouco. O esquilo musculoso ficou achando que eu também estava com depressão. Mas a verdade é que eu não me importava com nada.

18
QUERIDO FRANKIE

Ouvi um carrinho subindo pelo Caminho Longo. Ouvi a porta do carro batendo, o portão do jardim rangendo e Anna Komarowa, com sua maleta, veio em minha direção. Continuei imóvel no meu banco de madeira porque para mim nada mais importava. Além disso, ela tinha chegado tarde demais. Simplesmente tarde demais.

Anna Komarowa de repente estava de pé na minha frente, a alguns rabos de gato de distância. Ela me olhava de um jeito bem estranho, como se eu fosse mordê-la ou algo assim.

— Olá, Frankie — disse, e foi chegando cada vez mais perto. Eu sentia que ela estava com medo. O que seria agora? E por que estava me chamando de Frankie? O que aconteceu com "pequeno *kot*"?

Ficou ali por um instante me olhando com atenção e aí falou:

— Devo estar maluca por perguntar isso, mas vou perguntar mesmo assim: você entende o que eu digo, Frankie?

E já que ela queria saber de qualquer jeito e eu já não ligava para nada, respondi em humanês:

— Correto.

É claro que na primeira vez ela ia gritar.

Mas devo dizer: até que não foi tanto. Ela conseguiu manter a calma até que bem. Mesmo tendo ficado chocada ao me ver de repente falando humanês, já que, sendo médica de bichos, talvez ela pensasse que sabia muito sobre animais e tal.

— Ele falou comigo! — gritou. — Bem que aquele doido me falou!

Quando ficou um pouco mais calma, Anna Komarowa se sentou devagarinho do meu lado no banco, tirou da maleta um pedaço de papel e me deu.

Eu:

— O que é isso?

Ela:

— Uma carta. Pra você, Frankie.

Eu:

— Não sei ler.

Ela:

— Quer que eu leia em voz alta pra você?

Eu:

— Não sei. O que tem nela?

Ela:

— A carta é de Richard.

Eu:

— Quem é Richard?

Ela:

— Gold?

Nisso agucei as orelhas.

Ela:

— Então vou ler pra você em voz alta. E então... bom, tanto faz. Vou ler agora pra você. Preparado?

Concordei com a cabeça e miei ao mesmo tempo. Era a primeira carta que eu recebia na vida. E vinha de um morto. Agora vocês finalmente acreditam que eu sou amaldiçoado?

Querido Frankie,

Se eles souberem que estou escrevendo uma carta para você, que eu falo com um gato e o gato comigo, provavelmente não me deixam mais sair daqui. Pelo menos não tão cedo...

Pois é: estou no hospital psiquiátrico. Anna pode contar para você como é por aqui e o que eu fico fazendo. Foi ela quem me trouxe. Queira me desculpar por eu simplesmente ter ido embora. Não pude evitar. Acho que, se não fosse assim, eu teria tentado me matar de novo. E não dá para você me salvar sempre.

Agradeço a você (e a Anna) por eu não ter chegado aos finalmentes. Cheguei em casa decidido a morrer. E de repente vi você na janela. Você nunca me perguntou como eu estava. Você nunca disse para eu me controlar. Você só bocejava, enquanto eu me afundava em autopiedade. Você simplesmente não fazia ideia. Você foi a distração mais irritante, ignorante e bela que se possa imaginar.

Obrigado.

Às vezes, enquanto você dormia e eu não conseguia dormir, eu enfiava o meu nariz nos seus pelos quentinhos. Era muito consolador. E o seu rom-rom satisfeito contribuía muito. Sim, você ronrona. Quando eu via você assim, pensava: primeiro morrer, depois renascer como gato. Aqui no hospital psiquiátrico temos sempre que imaginar um "momento feliz". Para não esquecermos como é a felicidade. Daí penso em nossa viagem a "Hollywood". Foi o melhor dia que eu vivi em muito, muito tempo. E estou muito orgulhoso de você, meu garoto-propaganda de ração úmida. Meu pequeno sentido da vida.

Você disse: "A vida é simples. Qualquer idiota consegue viver". Pois para mim é uma canseira: todos os dias acordar, fazer tudo de novo. Estou tão cansado disso... Da minha raiva, da minha dor que não passa. Quero ser leve de novo, quero acordar pela manhã e encontrar luz. Eu queria ser um idiota que simplesmente sabe viver. E não apenas sobreviver dia após dia.

Não sei se vou conseguir. Você pode continuar ficando em casa. Anna vai cuidar de você, seja bonzinho com ela. Espero te ver de novo, Frankie.

Espero mesmo.

Seu amigo,

Gold.

Observação 1: Linda teria gostado de você.

Observação 2: minha cama é tabu!

Anna Komarowa sempre relia a carta para mim. Quando ela terminava, eu pedia: de novo!

Pois eu vou dizer a vocês: a melhor carta que alguém pode receber é a carta de um morto que não está morto. Acreditem.

Fiquei todo confuso. Eu estava feliz demais por Gold estar vivo. Se querem saber, quase mordi meu rabo de tanta felicidade. Mas estava também muito triste pela ausência de Gold. E quando estamos assim tão confusos com nossos sentimentos e tudo mais, acho que vocês sabem, damos logo uma lambida entre as pernas, porque é preciso fazer alguma coisa, e lamber tranquiliza mais do que tudo.

Anna Komarowa me contou como era no hospital psiquiátrico e me mostrou uma foto de lá pelo celular. Era uma casa grande e antiga. Ficava na floresta, e atrás tinha um lago.

Esse era o hospital psiquiátrico. Ela me contou que quem mora lá, mais do que tudo, fala. Todos passam o dia inteiro sentados em um círculo, falando sobre seus problemas. Tem uma pessoa que se chama terapeuta, que pergunta toda hora: "Como você se sente ao partilhar seus pensamentos com o grupo?". Às vezes eles também correm na floresta, ou pintam quadros, ou fazem pássaros de palha, ou deitam no chão e respiram como uns doidos. Eu não sei. Se todos aqueles deprimidos ficassem o tempo inteiro falando que estão deprimidos, acho que isso ia me deprimir mais ainda. Mas espero que Gold não esteja deprimido e que não se deixe contagiar pelos outros nem nada parecido. E que ele receba ajuda lá, e uma boa comida, com molho e tudo o mais, e que à noite ele possa ver os homens gordos na TV lançando flechas num disco redondo.

— E agora o que vamos fazer? — perguntei, depois de ficarmos um tempo sentados ali, no banco de madeira na frente da casa. Anna Komarowa passava a mão no meu pelo.

— Não tenho ideia, Frankie.

— É estranho isso — eu disse. — Que alguém acaba de ir embora e a gente já sente falta. Estranho.

— Sim, também sinto falta dele.

— Você acha que ele vai voltar?

— Espero.

— Acho que volta. O que ele vai fazer sem mim? Ele não sabe se virar sozinho no mundo.

— É mesmo. Você é o sentido da vida dele.

— Bem isso. E agora já estou com um pouco de fome. E você?

— Morrendo de fome — disse Anna Komarowa.

Ela realmente estava cada vez mais simpática comigo.

Anna Komarowa fechou a porta da casa abandonada, e nisso de repente me ocorreu que a casa precisava de um nome novo. Casa do Gold. Casa do Frankie. "Casa cheia de vida." Ou simplesmente "lar".

Sobre isso, era mesmo o caso de pensar um pouco. Mas não naquele dia. Eu estava morto de cansaço por todos aqueles dias enlouquecidos. Comi alguma coisa, graças a Anna Komarowa, cutuquei a cabeça dela com a minha e subi a escada. Deitei na cama do Gold. Ainda tinha o cheiro dele. Ah, Gold, meu bom amigo. Por acaso algum de vocês sabe o que é um *tabu*?

19
ÚLTIMAS PALAVRAS

Então. Foi assim. Não vou contar mais que isso dessa vez. Alguém me disse que toda história tem que ter um final. Então, vocês podem reclamar com esse alguém, já que este final não foi ideia minha.

Claro que eu ainda tinha que contar que fui a Hollywood com Anna Komarowa e apareci num filme para a ração úmida. Vocês têm TV? Liguem aí. O professor e o esquilo musculoso viram o filme e me acharam bem convincente no papel de um gato que come de uma tigela.

Mas Hollywood não foi tudo aquilo. Ainda que tenha sido muito bom. O melhor foi ter visitado Pomponelka Ronronenko no caminho para lá. Ela não é só linda, saibam vocês. Ela também não é burra. Eu realmente sou caidinho por ela. As fêmeas fazem isso com a gente, e eu não sei se isso é sempre tão bom. Mas também tem algo de maravilhoso.

Uma vez fui até Linda, no túmulo, e contei para ela que Gold estava no hospital psiquiátrico. E que ele a ama muito. E que eu estava cuidando dele, já que ela está no céu e lá tem muito o que fazer. Não sei se ela me ouviu.

Com frequência saio andando pelo Caminho Longo, e às vezes sonho com um homem que, a distância, vem em minha direção, com um roupão de banho deprimente e um chapéu velho. Aí o sonho acaba do nada e eu sinto uma decepção profunda, como se eu fosse amaldiçoado.

Pois bem. É o ciclo da vida, não? Se buscamos um pouco de felicidade, encontramos um pouco de felicidade, depois perdemos de novo. E aí tudo recomeça. E assim vai e assim vai. Mas eu não posso reclamar. Eu sou Frankie. De mim vocês não ouvirão aqui nada de negativo sobre a vida.

É isso.

LEIA TAMBÉM

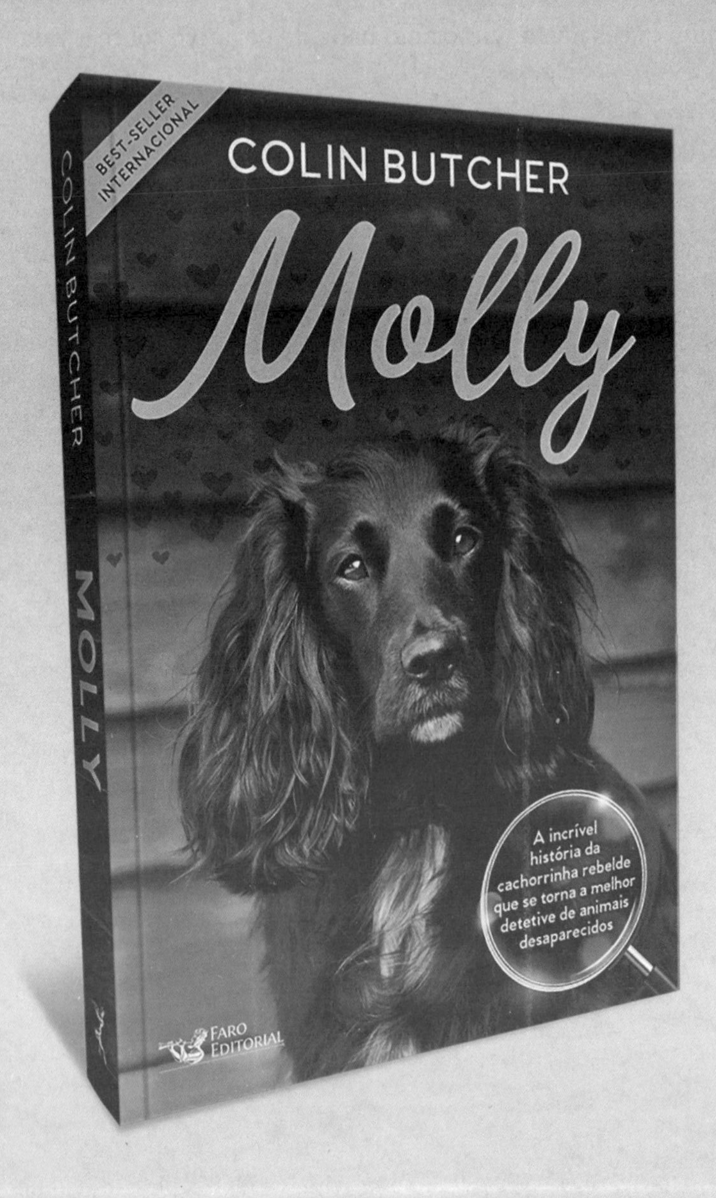
BEST-SELLER INTERNACIONAL
COLIN BUTCHER
Molly
A incrível história da cachorrinha rebelde que se torna a melhor detetive de animais desaparecidos
FARO EDITORIAL
COLIN BUTCHER
MOLLY

A INCRÍVEL HISTÓRIA DA CACHORRINHA REBELDE QUE SE TORNOU UMA SUPER DETETIVE DE ANIMAIS DESAPARECIDOS

Quando um ex-policial teve a ideia de criar uma agência para procurar por animais desaparecidos, ele percebeu que precisava de ajuda. Então viu uma foto num site de animais para doação e seu coração disparou. Elétrica e cheia de energia, ela havia sido abandonada pela terceira vez. Colin ficou apaixonado e os dois se tornaram inseparáveis.

Esperta, ágil e obstinada, Molly estava pronta para uma missão maior do que eles podiam sonhar.

Com treino, aquela que era considerada uma cadela rebelde e incontrolável, logo a tornou uma super detetive e não demorou para que a dupla começasse a resolver casos de desaparecimentos e furtos por todo o país.

Desde a busca por Pablo, o gato ruivo sequestrado, sobreviver à picada de uma cobra, até desenterrar um tesouro de joias roubadas em uma floresta, Molly é protagonista de inúmeras aventuras emocionantes, que ultrapassam a solução de casos, porque contam divertidas e emocionantes histórias de amor.

CAMPANHA

Há um grande número de pessoas vivendo com HIV e hepatites virais que não se trata. Gratuito e sigiloso, fazer o teste de HIV e hepatite é mais rápido do que ler um livro.

FAÇA O TESTE. NÃO FIQUE NA DÚVIDA!

ESTA OBRA FOI IMPRESSA
EM FEVEREIRO DE 2024